A PATROA

A PATROA
HANNELORE CAYRE

TRADUÇÃO **DIEGO GRANDO**

PORTO ALEGRE • SÃO PAULO
2024

NOTAS

O nome da narradora-protagonista, Patience Portefeux, pode ser traduzido como Paciência Porta-Fogos.

Bled, termo corrente neste livro, é de origem árabe e significa, entre outras coisas: qualquer região interiorana (normalmente com campo) do norte da África; terra natal, algo como "a terrinha", em linguagem informal, com conotação afetiva (principalmente para a população imigrante ou descendente de imigrantes das ex-colônias francesas do norte da África); e vilarejo muito afastado, fim de mundo, também em linguagem informal, com conotação pejorativa (e remetendo, por questões culturais, àquela mesma região das acepções anteriores).

EPHAD é a sigla para établissement d'hébergement pour personnes âgées dépendantes (estabelecimento de longa permanência para pessoas idosas dependentes). Apesar da sigla oficial ser EHPAD, EPHAD é também corrente. Na maioria das ocorrências aqui, o termo foi traduzido como "asilo".

DCRI é Direction Centrale du Renseignement Intérieur (Direção Central de Informação Interna).

Go Fast é uma técnica utilizada por traficantes para carregar drogas e contrabando. Em alguns casos, serve para determinar também o veículo utilizado para isso.

Os bares-tabacarias-pmus mencionados na narrativa são estabelecimentos que, além de funcionarem como bares e tabacarias, têm autorização estatal para vender loterias e funcionar como casa de apostas, principalmente em cavalos — prática legal na França. A pmu (Pari Mutuel Urbain) é um grupo econômico que detém o monopólio das apostas hípicas e que se dedica, nos últimos anos, também a apostas esportivas e jogos de pôquer online.

gia é a sigla para Grupo Islâmico Armado. E *daesh* é uma das denominações do Estado Islâmico.

A tradução do poema *A viagem*, de Charles Baudelaire, é de Júlio Castañon Guimarães e foi publicada em *As flores do mal* (Penguin-Companhia das Letras, 2019).

Os *shisha*, ou *shisha bar*, são estabelecimentos onde os clientes podem compartilhar o uso de narguilés, espécie de cachimbo de origem oriental.

Harki é um termo de origem árabe que designa, de forma genérica, um argelino que atuou em uma formação paramilitar ao lado do exército francês na Guerra da Argélia (1954-1962), ou seja, contra a independência da Argélia. Assim, quando a protagonista é chamada de "vadia harki", ela também está sendo chamada de traidora.

Os *hikikomori* são indivíduos que apresentam um transtorno mental marcado por isolamento social extremo.

O plano Vigipirate é um plano permanente de vigilância, prevenção e proteção mantido pelo governo francês. É uma das principais ferramentas de combate ao terrorismo no país.

Tbisla é um tipo de haxixe originário do Marrocos.

Hamdullah, ou *Alhamdulillah*, é uma frase em árabe que significa "louvado seja Deus", ou mesmo "graças a Deus".

Para meus filhos

1
DINHEIRO É TUDO

Os vigaristas dos meus pais tinham um amor visceral por dinheiro. Não como uma coisa inerte que você esconde num baú ou deposita numa conta. Não. Como um ser vivo e inteligente capaz de criar e matar, dotado da faculdade de se reproduzir. Como algo extraordinário que forja destinos. Que distingue o bonito do feio, o perdedor do que se deu bem. Dinheiro é *tudo*; a síntese de tudo aquilo que se pode comprar num mundo onde tudo está à venda. Ele é a resposta para todas as perguntas. A língua anterior a Babel, que reúne todos os homens.

É preciso dizer que eles tinham perdido tudo, inclusive seu lugar de origem. Não restava mais nada da Tunísia francesa do meu pai, nada da Viena judaica da minha mãe. Ninguém com quem falar em pataouète ou em iídiche. Nem mesmo mortos num cemitério. Nada. Apagados do mapa, como Atlântida. Então eles tinham juntado as suas solidões e ido fincar raízes num espaço intersticial entre uma autoestrada e uma floresta, para ali construir a casa em que cresci, pomposamente batizada de A Propriedade — um nome que conferia àquele pedaço sinistro de terra o caráter inviolável e sagrado da Lei; uma espécie de garantia constitucional de que nunca mais iriam ser postos para fora. A Israel deles.

Meus pais eram metecos, rastaqueras, estrangeiros. *Raus. Com uma mão na frente e outra atrás.* Como todos os da sua espécie, eles não tiveram muita escolha. Correr atrás de qualquer dinheiro, aceitar qualquer condição de trabalho ou então se meter desenfreadamente em esquemas, contando com uma comunidade de pessoas como eles. Não pensaram muito.

Meu pai era presidente-diretor geral de uma empresa de transporte rodoviário, a Mondiale, cujo slogan era *Por tudo, para tudo*. "Presidente-diretor geral", uma expressão que não se usa mais hoje em dia para designar uma atividade profissional, como em *E o que o seu pai faz? Ele é presidente-diretor geral...*, mas nos anos 70 se usava. Combinava com pato ao molho de laranja, gola alta de náilon amarelo com pantalonas e capas de tecido bordado para telefones fixos.

Ele tinha feito fortuna enviando seus caminhões para os países ditos *de merda*, cujos nomes terminam em -ão, como Paquistão, Uzbequistão, Azerbaijão, etc. Para se candidatar a uma vaga na Mondiale, era preciso já ter estado na cadeia, pois, segundo meu pai, só um sujeito que tivesse ficado preso por pelo menos quinze anos aceitaria ficar trancafiado na cabine de um caminhão por milhares de quilômetros e defender sua carga como se fosse a própria vida.

Ainda me vejo, como se fosse ontem, com um vestidinho azul-marinho de veludo e sapatos de verniz Froment-Leroyer numa festa de Natal, rodeada por uns sujeitos cheios de cicatrizes segurando pacotes coloridos e fofinhos com aquelas mãos enormes de estranguladores. A equipe administrativa da Mondiale não ficava para trás: era composta exclusivamente de compatriotas pieds-noirs do meu pai, homens tão desonestos quanto feios. Só Jacqueline, a secretária pessoal dele, dava um toque de estilo ao conjunto. Com um enorme coque bufante, no qual ela elegantemente prendia um diadema, essa filha de um condenado à morte durante as Purgas Legais tinha um ar classudo que se devia à sua juventude em Vichy.

Esse grupo alegre e pouco recomendável, sobre o qual meu pai exercia um paternalismo romanesco, lhe permitia transportar nos seus comboios, com total opacidade, as cargas ditas *adicionais*. Foi assim que o transporte de base de morfina com seus amigos pieds--noirs da Córsega, e depois de armas e munições, tinha feito a fortuna da Mondiale e dos seus funcionários, regiamente pagos até o início dos anos 80. Paquistão, Irã, Afeganistão; não tenho nenhuma vergonha de dizer: meu pai foi o Marco Polo dos Trinta Anos Gloriosos, o homem que reabriu as rotas comerciais entre a Europa e o Oriente Médio.

Qualquer crítica à localização da Propriedade era tomada pelos meus pais como uma agressão simbólica, de modo que nunca falávamos sobre qualquer aspecto negativo do lugar, por menor que fosse: o barulho ensurdecedor da estrada, que nos obrigava a gritar para nos ouvirmos, a poeira preta e pegajosa que se espalhava por todo lado, as vibrações que sacudiam as paredes ou o perigo extremo daquelas seis pistas, em que uma ação simples, como voltar para casa sem levar uma batida na traseira, podia ser considerada um verdadeiro prodígio.

Minha mãe diminuía a velocidade uns trezentos metros antes do portão para poder entrar em primeira, com o pisca-alerta ligado, sob uma trovoada de buzinas. Meu pai, nas raras vezes que estava por lá, praticava com seu Porsche uma espécie de terrorismo do freio motor, fazendo seu V8 uivar ao reduzir de duzentos para dez por hora em alguns poucos metros e obrigando quem tivesse a infelicidade de estar atrás dele a dar guinadas assustadoras. Quanto a mim, é óbvio que nunca recebi nem uma única visita. Quando alguma amiga me perguntava onde eu morava, eu mentia o endereço. De todo modo, ninguém teria acreditado em mim.

Minha imaginação infantil tinha nos transformado em seres à parte: o *povo da estrada*.

Cinco notícias policiais espalhadas ao longo de trinta anos ajudaram a confirmar essa singularidade: em 1978, no número 27, um moleque de treze anos massacrou, com uma ferramenta de jardinagem, os pais e os quatro irmãos e irmãs enquanto eles dormiam. Perguntado sobre o motivo, ele respondeu que estava precisando de uma mudança. No 47, nos anos 80, ocorreu um caso particularmente sórdido de um idoso que foi mantido em cárcere privado e torturado pela própria família. Dez anos depois, no 12, abriram uma agência matrimonial que na verdade era uma rede de prostituição de meninas do Leste Europeu. No 18, encontraram um casal mumificado. E no 5, mais recentemente, um depósito de armas jihadista. Está tudo nos jornais, não fui eu que inventei.

Por que todas essas pessoas decidiram morar naquele lugar?

Para uma parte delas, incluindo meus pais, a resposta é simples: porque o dinheiro gosta de sombra, e há sombra para dar e vender na beira de uma autoestrada. Já os outros, foi a estrada que os deixou malucos.

Um povo à parte, portanto, porque à mesa, quando ouvíamos pneus cantando, com os talheres suspensos no ar, ficávamos em silêncio. Seguia-se um barulho extraordinário de sucata sendo esmagada, depois uma calmaria marcante, uma espécie de disciplina do dobre fúnebre que os motoristas se impunham ao passarem ao lado da maçaroca de carne e ferragem em que tinham se transformado aquelas pessoas que, como eles, estavam indo para algum lugar.

Quando isso acontecia na frente da nossa casa, nas proximidades do número 54, minha mãe ligava para o socorro e nós deixávamos a comida de lado para, como ela dizia, *ir até o acidente*. Pegávamos nossas cadeiras dobráveis e encontrávamos nossos vizinhos por lá. Isso costumava acontecer nos fins de semana, na altura do número 60, onde tinha sido aberta a casa noturna mais badalada da região, com sete ambientes. E quem diz casa noturna diz acidentes prodigiosos. É uma loucura a quantidade de gente caindo de bêbada capaz de se amontoar num carro para morrer dentro dele, arrastando consigo famílias felizes em férias que pegaram a estrada em plena madrugada só para poder amanhecer perto do mar.

Assim, o *povo da estrada* presenciou bem de pertinho uma quantidade considerável de tragédias envolvendo jovens, velhos, cachorros, pedaços de cérebros e tripas... E o que sempre me surpreendeu é nunca ter ouvido um grito sequer de todas essas vítimas. Quando muito um *ai, ai, ai* sussurrado baixinho por aquelas que conseguiam chegar cambaleando até nós.

Durante o ano, meus pais se escondiam como ratos atrás de suas quatro paredes, entregando-se a cálculos tão arrevesados quanto vanguardistas de otimização fiscal, rastreando no seu modo de vida qualquer mínimo sinal exterior de riqueza, enganando, desse modo, o Leão, atraído por presas mais gordas.

Mas nas férias, estando fora do território francês, nós vivíamos como bilionários em hotéis suíços ou italianos em Bürgenstock, Zermatt ou Ascona, junto de estrelas do cinema americano. Passávamos os natais no Winter Palace, em Luxor, ou no Danieli, em Veneza, e minha mãe voltava à vida.

Assim que chegava, ela corria imediatamente para as butiques de luxo para comprar roupas, joias e perfumes, enquanto meu pai fazia sua coleta de envelopes craft abarrotados de dinheiro vivo. À noite, ele levava para a entrada do hotel o Thunderbird conversível branco que acompanhava sabe-se lá de que jeito as nossas andanças offshore. A mesma coisa com o Riva, que aparecia como que por um passe de mágica sobre as águas do Lago Lucerna ou do Grande Canal de Veneza.

Ainda tenho muitas fotos dessas férias fitzgeraldianas, mas acho que duas delas sintetizam todas as outras.

A primeira mostra minha mãe num vestido cor-de-rosa florido, posando perto de uma palmeira que se destaca como um jato de spray verde no céu de verão. Ela está com a mão erguida perto da testa para proteger da luz do sol seus olhos já debilitados.

A outra é uma foto minha ao lado de Audrey Hepburn. Foi tirada num 1º de agosto, feriado nacional da Suíça, no Belvédère. Eu estou comendo uma enorme melba de morangos com chantili e calda e, enquanto meus pais estão na pista, dançando uma música de Shirley Bassey, explodem maravilhosos fogos de artifício, que se refletem no Lago Lucerna. Eu estou bronzeada e uso um vestido Liberty azul, estampado com casinhas de abelha, que realça o *azul-Patience* dos meus olhos, que é como meu pai tinha apelidado a cor deles.

É um instante perfeito. Eu estou irradiando bem-estar, como uma pilha atômica.

A atriz deve ter sentido essa felicidade imensa, porque sentou espontaneamente do meu lado para me perguntar o que eu queria ser quando crescesse.

— Colecionadora de fogos de artifício.

— Colecionadora de fogos de artifício! Mas como é que você quer colecionar uma coisa dessas?

— Na minha cabeça. Eu vou viajar pelo mundo inteiro pra ver todos.

— Você é a primeira colecionadora de fogos de artifício que eu conheço! Muito prazer.

Aí ela chamou um dos amigos dela que era fotógrafo, porque queria eternizar aquele momento único. Mandou bater duas fotos. Uma para mim e outra para ela. Eu perdi e me esqueci completamente da minha, mas revi a dela por acaso num catálogo de leilão com a seguinte legenda: *A pequena colecionadora de fogos de artifício*, 1972.

Essa foto tinha conseguido capturar aquilo que minha vida passada prometia ser: uma vida com um futuro muito mais deslumbrante que o que se desenrolou a partir daquele 1º de agosto.

Depois de atravessar a Suíça inteira durante as férias para comprar um tailleur ou uma bolsa, na véspera da partida minha mãe cortava todas as etiquetas das roupas novas e despejava o conteúdo dos vidros de perfume em frascos de xampu, caso a inspeção alfandegária perguntasse com que dinheiro tínhamos comprado todas aquelas coisas.

E por que decidiram me chamar de Patience?

É que você nasceu de dez meses. Seu pai sempre disse que foi a neve que impediu ele de pegar o carro pra vir te ver depois do parto, mas a verdade é que, depois de uma espera tão longa, ele estava simplesmente súper frustrado por ter tido uma filha. E você era enorme... Cinco quilos... Um monstro... E feia de doer, com metade da cabeça achatada pelo fórceps... Quando finalmente conseguiram arrancar você de dentro do meu corpo, tinha muito sangue em volta de mim, como se eu tivesse pulado em cima de uma mina. Uma verdadeira carnificina! E tudo isso pra quê? Pra ter uma menina! É injusto demais!

Tenho cinquenta e três anos. Meu cabelo é comprido e totalmente branco. Os fios ficaram brancos quando eu ainda era bem nova, como aconteceu com os do meu pai. Pintei por bastante tempo, porque tinha vergonha, aí um dia enchi o saco de ter que ficar cuidando das raízes e raspei a cabeça para deixar crescer com a cor natural. Parece que agora isso virou tendência. De todo modo, combina muito bem com meus olhos azul-Patience e contrasta cada vez menos com minhas rugas.

Eu falo com a boca ligeiramente torta, o que faz com que o lado direito do meu rosto seja um pouco menos enrugado do que o esquerdo. A culpada disso é uma discreta hemiplegia decorrente daquele achatamento inicial. Isso me dá um ar meio suburbano que, somado ao meu penteado esquisito, não deixa de ser interessante. Tenho um físico robusto, com cinco quilos a mais por ter engordado trinta em cada uma das minhas duas gestações, quando deixei correr solta minha paixão por grandes bolos coloridos, frutas cristalizadas e sorvete. No trabalho, uso trajes monocromáticos, pretos, cinza ou grafite, com uma elegância sem afetação.

Tomo o cuidado de estar sempre bem-arrumada para que meus cabelos brancos não me deixem parecendo uma velha beatnik. Isso não significa que eu queira ficar atraente; na minha idade, acho esse tipo de vaidade meio assustadora... Não, eu só quero que, quando me olharem, as pessoas exclamem: *Meu Deus do céu, como essa mulher está bem...* Cabeleireiro, manicure, esteticista, injeção de ácido hialurônico, luz pulsada, roupas bem cortadas, maquiagem de qualidade, creme diurno e noturno, sesta... É que eu sempre tive uma concepção marxista da beleza. Por bastante tempo não tive condições financeiras para estar bonita e viçosa; agora que tenho, estou tirando o atraso. Vocês precisavam me ver neste exato momento, aqui na sacada deste belo hotel: praticamente a Heidi na sua montanha.

Costumam dizer que eu tenho um gênio ruim, mas considero essa análise precipitada. É verdade que as pessoas me irritam rápido, porque eu acho elas lentas e, com frequência, desinteressantes. Quando, por exemplo, tentam me contar com muitos detalhes alguma coisa para a qual eu normalmente não dou a mínima, minha tendência é olhar para elas com uma impaciência que não consigo disfarçar, e elas se ofendem. Aí ficam me achando antipática. Por conta disso, não tenho amigos; só conhecidos.

Não bastasse isso, eu sofro de uma pequena esquisitice neurológica: meu cérebro associa diversos sentidos e faz com que eu viva uma realidade diferente da vivida pelas outras pessoas. Para mim, as cores e as formas estão ligadas ao paladar e a sensações como bem-estar ou saciedade. Uma experiência sensorial bem esquisita e difícil de explicar. A palavra é *inefável*.

Alguns veem cores quando ouvem sons, outros associam números a formas. E outros, ainda, têm uma percepção física da passagem do tempo. Quanto a mim, eu sinto o gosto e a consistência das cores. Mesmo que eu saiba que elas não passam de um conluio quântico entre matéria e luz, não consigo deixar de sentir que elas residem no próprio corpo das coisas. Por exemplo, aquilo que as pessoas enxergam como um vestido rosa, eu enxergo como matéria rosa, composta de pequenos átomos rosa, e é nesse infinitamente rosa que meu olhar se perde quando olho para ele. Isso me provoca uma sensação de bem-estar e aconchego, mas também uma vontade irreprimível de levar o tal vestido à boca, porque o rosa, para mim, também é um sabor. Como "o pequeno pedaço de parede amarela", em *A prisioneira*, de Proust, que deixa tão obcecado o espectador da *Vista de Delft*, de Vermeer. Tenho certeza de que, em algum momento, o autor flagrou o homem que inspirou o personagem de Bergotte lambendo a pintura. Como ele achava isso maluco demais e um tantinho nojento, acabou não tocando no assunto no romance.

Quando eu era criança, não parava de engolir tinta de parede e brinquedos de plástico monocromáticos, e várias vezes quase morri, até que um médico mais criativo que os outros foi capaz de ir além de um diagnóstico banal de autismo e descobriu em mim uma sinestesia bidirecional. Essa peculiaridade neurológica finalmente explicava por que, quando estava diante de um prato com cores misturadas, eu passava a refeição inteira organizando seu conteúdo com o rosto se contorcendo em tiques.

Ele sugeriu aos meus pais que me deixassem comer o que eu quisesse, contanto que os alimentos que me oferecessem fossem agradáveis à minha visão e não me envenenassem: balas em tons pastel, cassatas sicilianas, bombas com creme rosa e branco e sorvete tutti-frutti cheio de frutinhas cristalizadas de várias cores. Foi esse mesmo médico que deu a dica dos catálogos de tintas e dos anéis com pedras grandes e coloridas, que eu podia ficar olhando por horas enquanto mastigava a língua, com a cabeça totalmente vazia.

O que me traz de volta aos fogos de artifício: quando esses buquês de crisântemos incandescentes aparecem no céu, eu sinto uma emoção colorida tão excepcionalmente vívida que me deixa saturada de alegria e, ao mesmo tempo, me dá um sentimento de plenitude. Como um orgasmo.

Colecionar fogos de artifício, então, seria mais ou menos como estar no meio de um gang bang gigante com todo o universo.

E Portefeux... É o sobrenome do meu marido. O homem que por algum tempo me protegeu da crueldade do mundo e me proporcionou uma existência de alegrias e desejos realizados. Nos poucos e maravilhosos anos em que fomos casados, ele me amou do jeito que eu era, com minha sexualidade cromática, minha paixão por Rothko, meus vestidos rosa-chiclete e minha incapacidade de fazer qualquer coisa de útil — que só era comparável à da minha mãe.

Começamos nossa vida em apartamentos deslumbrantes, alugados com o fruto do trabalho dele. Enfatizo o *alugados*, em vez de *impenhoráveis*, já que meu marido, como meu pai, fazia negócios daquele tipo sobre os quais ninguém sabia nada, a não ser que nos possibilitavam um imenso conforto material, e ninguém nem se atreveria a perguntar, de tão generoso, sério e bem-educado que ele era.

Ele também enriquecia graças aos países ditos *de merda*, com uma atividade de consultoria em desenvolvimento de estruturas nacionais no mercado de apostas. Resumindo, ele vendia sua expertise em loterias e corridas de cavalos para líderes de países africanos ou do extremo sudeste, como Azerbaijão e Uzbequistão. Dá para imaginar o cenário. Enfim, eu conheço bem essa atmosfera de fim do caminho por ter ficado hospedada inúmeras vezes, tanto com ele quanto com minha família, em improváveis hotéis internacionais. Os únicos lugares onde o ar-condicionado funciona e onde o álcool é bom. Onde os mercenários convivem com jornalistas, homens de negócios, golpistas em fuga. Onde reina um tédio tranquilo no bar, propício a um papo preguiçoso. Nada muito distante, para aqueles que a conhecem, da atmosfera almofadada da sala comum dos hospitais psiquiátricos. Ou daquela que aparece nos romances de Gérard de Villiers.

Foi em Mascate, no Sultanato de Omã, que nós nos conhecemos, e foi nesse mesmo lugar que ele morreu, quando estávamos por lá comemorando sete anos de casamento.

 Na manhã seguinte à nossa primeira noite juntos, no café da manhã, ele preparou as minhas torradas, totalmente sem querer, imitando meu quadro favorito: um retângulo de pão com uma mancha de geleia de framboesa sobre metade dele, depois manteiga sobre um quarto da superfície restante e, finalmente, geleia de laranja até o final da torrada: *White center (yellow, pink and lavender on rose)*, de Rothko.

 Incrível, não é mesmo?

 Quando casei com ele, imaginava que iria nadar

para sempre no amor e na despreocupação. Não tinha nenhuma condição de imaginar que pudesse acontecer algo tão terrível quanto a ruptura de um aneurisma bem no meio de uma gargalhada. Foi exatamente assim que ele morreu, aos trinta e quatro anos, diante de mim, no Hyatt de Mascate.

O que eu senti na hora que vi a cabeça dele desabar sobre o prato de salada foi uma dor indescritível. Como se, com um golpe seco, um descaroçador de maçã tivesse sido enfiado no centro do meu corpo para arrancar minha alma inteira. Teria sido ótimo escapar ou afundar no torpor de um desmaio misericordioso, mas não, eu continuei pregada ali, na minha cadeira, com o garfo no ar, cercada por pessoas que continuavam tranquilamente suas refeições.

A partir desse momento... Nem um segundo antes, não, a partir desse preciso momento, a minha vida se transformou numa verdadeira merda.

Tudo começou em altíssima velocidade, com horas de espera numa improvável delegacia de polícia, cercada de malas, com duas meninas desmaiando de calor, sob o olhar insistente e cheio de desdém dos policiais do sultanato. Ainda tenho pesadelos com isso à noite: eu, agarrada ao meu passaporte, acalmando o máximo que posso as minhas duas filhas mortas de sede, respondendo com um sorriso murcho aos comentários humilhantes que supostamente não estou entendendo — eu, que falo árabe.

Como a repatriação do corpo do meu marido era complicada demais, um funcionário insolente acabou me dando permissão para enterrá-lo no Petroleum Cemetery, o único lugar na região que aceitava um cafir, enquanto debitava um valor exorbitante no nosso cartão de crédito.

E é assim que se chega aos vinte e sete anos com uma recém-nascida e uma menina de dois anos, sozinha, sem renda, sem um teto sobre a cabeça, já que não levou nem um mês para que fôssemos expulsas do nosso belo apartamento na Rue Raynouard com vista para o Sena e para que a nossa belíssima mobília fosse vendida. Quanto ao nosso Mercedes com estofamento de couro... Pois então, o velho erotomaníaco corcunda e multicondenado que meu marido empregava como motorista se mandou com ele, deixando eu e minhas filhas plantadas na frente do cartório.

Nesse ritmo, não levou muito tempo para minha cabeça bugar. Eu já tinha uma tendência a manter conversas assíduas comigo mesma e a comer flores, mas, numa certa tarde, eu fui saindo como uma sonâmbula da loja Céline da Rue François Ier, vestida dos pés à cabeça com roupas novas, enquanto berrava aos quatro ventos *Até mais, pago depois!*, quando dois pobres seguranças negros com fones de ouvido vieram para cima de mim antes de eu passar pela porta. Distribuí pontapés e mordidas até eles sangrarem e fui levada direto para o hospício.

Fiquei oito meses entre os malucos, contemplando minha vida passada, como uma náufraga que observa obstinadamente o mar, esperando que venha alguém socorrê-la. Ficavam me dizendo para eu elaborar o luto, como fosse uma doença da qual eu precisava me curar a todo custo, mas eu não conseguia.

Minhas duas filhas, pequenas demais para terem qualquer lembrança do pai maravilhoso delas, me obrigaram a encarar a minha nova existência. De todo modo, que escolha eu tinha? Fui contando os dias, depois os meses que me separavam da morte do meu marido, e um dia, sem nem perceber, parei de contar.

Eu tinha me tornado uma nova mulher, madura, triste e combativa. Um ser único, uma meia sem par: a viúva Portefeux!

Me livrei do que ainda restava do meu passado... Meu enorme cabochão de turmalina Paraíba, minha padparadscha rosa, meu anelzinho toi et moi fancy blue and pink e minha opala de fogo... Todas as cores que tinham me acompanhado desde a infância... Vendi tudo para comprar um apartamentinho medonho de três peças em Belleville, com vista para um pátio que dá para outro pátio. Um buraco no qual a noite habita durante o dia e as cores não existem. O prédio não ficava para trás: um antigo condomínio popular de tijolos vermelhos da década de 20 com péssimo acabamento, que foi sendo gradualmente invadido por chineses que conversavam gritando de um andar para o outro o dia inteiro.

E então eu comecei a trabalhar... Ah, sim, o trabalho... Eu, pessoalmente, não fazia ideia do que era isso até ser chutada do elenco de *The persuaders!* por alguma entidade maligna... E como eu não tinha nada a oferecer para o mundo além de uma expertise em golpes de todos os tipos e um doutorado em língua árabe, me tornei uma tradutora-intérprete judicial.

Depois de um colapso material desses, só pude criar minhas filhas sob o temor histérico do rebaixamento social. Paguei escolas absurdamente caras, esbravejei sempre que elas voltavam para casa com uma nota baixa, um buraco no jeans ou com os cabelos oleosos. Não tenho vergonha de dizer: fui uma mãe amargurada e nem um pouco agradável.

Depois de terem sido brilhantes nos estudos, minhas duas filhas intelectuais agora são empregadas do setor terciário. Nunca consegui entender o que elas fazem de fato no trabalho; já tentaram me explicar várias vezes, mas confesso que sempre paro de ouvir antes de entender. Digamos que são aqueles empregos idiotas em que a pessoa passa a vida grudada numa tela de computador inventando coisas que não existem de verdade e que não geram nenhum valor agregado para o mundo. Quanto à carreira profissional delas, é bem como diz a canção de Orelsan: *Personne n'trouve de travail fixe même avec un bac + 8, mon livreur de pizzas sait réparer des satellites!*, ou *Ninguém arranja emprego fixo mesmo com doutorado, meu entregador de pizza sabe consertar satélites!*

Tenho orgulho delas, de todo modo, e se elas estivessem com fome, eu cortaria os meus dois braços para lhes dar de comer. Mas, dito isso, e sendo bem sincera, nós não temos muita coisa a dizer umas para as outras. Então não vou falar mais delas, a não ser para proclamar em alto e bom som que eu amo minhas filhas. Que elas são maravilhosas, honestas e que sempre aceitaram o destino delas sem resmungar. Como esse nunca foi o meu caso, a linhagem de aventureiros da família vai terminar em mim.

O leiloeiro responsável por dispersar todos os meus anéis logo que saí do manicômio — *Venda do escrínio da senhora P., uma colecionadora exigente* —, certamente pensando que eu era uma pessoa muito rica, continuou a me enviar durante vários anos seus catálogos cheios de joias e objetos maravilhosos.

Quando todo mundo já tinha ido deitar e a casa estava finalmente em silêncio (eu dormia no sofá-cama da sala), eu me acomodava na minha escrivaninha diante de uma taça de Guignolet Kirsch. Ali, eu folheava religiosamente aqueles folhetos luxuosos, lendo cada um dos comentários, olhando todas as fotos, e brincava de *imagine que pega fogo em tudo e você dá um golpe no seguro para ganhar uma bolada*. É que eu adoro coisas antigas; elas viram passar um bocado de gente e você nunca cansa de olhar para elas, ao contrário das novas.

São pequenos detalhes como esse que me fazem perceber hoje que, apesar da minha tristeza abissal, eu sempre fui suscetível a ideias positivas. Para estar tão desesperada a ponto de pensar em suicídio é preciso uma força moral que eu nunca tive.

Em resumo: mais de vinte anos depois de ter perdido tudo o que me importava, dei de cara com a foto *A pequena colecionadora de fogos de artifício*, avaliada entre dez e quinze mil euros.

É óbvio que eu quis comprá-la de volta.

No dia do leilão, quando cheguei na Artcurial, na parte baixa da Champs-Élysées, eu estava morrendo de medo... Medo de que a foto me escapasse, medo de que o preço disparasse, medo de todas aquelas pessoas bem-

-vestidas que estavam se divertindo com seu dinheiro, medo de ser vista como uma usurpadora, com meu tailleurzinho cor de giz puído como a minha cara.

Fiquei meio de canto até que chegou o meu lote. Tratava-se de uma prova original a cores de 50 por 40 representando o terraço do Belvédère. O mobiliário e os materiais eram tipicamente setentistas: pedra, vidro e móveis de madeira clara. Ao fundo, via-se uma queima de fogos de artifício que estava começando, pois o céu era de um azul profundo. Audrey Hepburn usava um vestido Givenchy rosa-magnólia. Seu rosto estava encostado no meu e, à nossa frente, em primeiro plano, destacava-se a minha melba de morangos. Tudo estava no seu devido lugar; a perfeição absoluta de um momento congelado para sempre.

— Lote 240, uma fotografia inédita e única de Julius Shulman que contrasta com suas habituais mansões californianas... *A pequena colecionadora de fogos de artifício*, de 1972. Trata-se de uma prova original dada à atriz e não listada na coleção de Paul Getty. Todos já devem ter reconhecido Audrey Hepburn ao lado desta linda menina loira de olhos azuis diante da sua bela taça de sorvete. O lance mínimo é de dez mil euros... Onze mil, onze mil e quinhentos, doze mil, treze mil...

Entrei em pânico... Eu queria gritar... *Parem, essa menininha de pele dourada aí sou eu! ... Vejam só o que me tornei... Me deixem isso, pelo menos...*

Estabilizou em quatorze mil e quinhentos... Dou-lhe uma, dou-lhe duas... Quinze mil, eu gritei. Quinze mil lá no fundo. E a pessoa que estava disputando comigo, um sujeito que tinha idade para ser meu filho, sinalizou que desistia.

Com as taxas, me custou dezenove mil euros. Eu, a modesta tradutora judicial que se gabava de nunca ter feito um empréstimo, caí de quatro por uma foto.

Voltei para casa com o meu tesouro e pendurei-o de frente para a minha escrivaninha. Minhas filhas não entenderam absolutamente nada do que tinha me levado a comprar aquele retrato de uma menininha loira e feliz para repentinamente decorar a sala de estar, já que nosso apartamento, tirando o carpete rosa com flores alaranjadas, sempre foi medonho de dar dó. E mais, se eu tivesse contado que tinha me endividado por cinco anos, elas me tirariam para louca. Nem por um instante elas relacionaram a menina com a mãe delas.

Para vocês verem como é triste.

Comecei meu trabalho como intérprete em tribunais pelas audiências de custódia.

Vocês tinham que me ver logo no início, como eu me entregava de corpo e alma. Eu me achava indispensável e traduzia com entusiasmo, nuances e tons tudo o que os réus queriam expressar aos juízes.

É preciso dizer que muitos dos árabes cujas falas eu reproduzia nessas audiências de ladrões de galinhas me davam uma pena danada. Homens extremamente pobres e quase sem instrução; pobres migrantes à procura de um eldorado que não existe, compelidos a pequenas falcatruas ou a roubos lamentáveis para não morrerem de fome.

Mas não levei muito tempo para entender que não estavam nem aí para minhas nuances e meus tons, que o tradutor não passa de uma ferramenta para que a repressão ande a toque de caixa. Basta ver como os magistrados falam nessas audiências, sem mudar uma vírgula do discurso, quer o tradutor esteja ou não conseguindo acompanhar, quer o sujeito no banco dos réus esteja ou não entendendo.

Eu era vista como um mal que se tornou necessário por conta dos direitos humanos. Nada mais do que isso. Apenas me dirigiam a palavra de má vontade: *A tradutora está presente? Sim, bom, então podemos começar. O senhor é acusado de ter, na jurisdição de Paris e dentro dos prazos legais, blá-blá-blá...* e assim por diante, sem respirar, por dez minutos.

Era particularmente dramático para meus colegas de língua de sinais, que ficavam agitados como robôs em curto-circuito para traduzir um por cento do que conseguiam pegar no ar. Mas quando um de nós tinha a petulância de pedir uma pausa para se fazer compreender pelo pobre diabo pelo qual era responsável e que não estava entendendo lhufas, o magistrado fazia cara de sofrimento e fechava os olhos no maior estilo *vou ficar cantarolando mentalmente uma melodia qualquer até que isso acabe*. Obviamente, o insolente em questão era classificado como perfeccionista e nunca mais o convocavam de novo.

Eu logo parei de me esforçar.

Quando aparecia um sujeito que me deixava tocada, às vezes eu dizia para ele, em meio à enxurrada de palavras do juiz, coisas em árabe como: *Diz pra es-*

ses idiotas o que eles querem ouvir e vamos terminar com isso de uma vez: que você roubou pra poder comprar uma passagem de volta porque quer muito ir embora daqui.

Para casos mais espinhosos, com diversos acusados, quando eu tinha interceptações telefônicas para traduzir, às vezes eu até acrescentava coisas totalmente inventadas para defender aqueles que eu considerava mais dignos de dó. Mas eu também podia fazer o contrário e decidir ferrar com eles, principalmente quando se tratava de defender as suas pobres mulheres, meninas ingênuas que acabavam virando suas marionetes. Cheios de prostitutas e amantes, os desgraçados dos maridos, cuja intimidade repugnante eu conhecia através dos meus fones de ouvido, falavam com elas como se fossem cachorros e colocavam descaradamente no nome delas seus números comerciais de telefone celular, seus carros para o Go Fast ou suas propriedades provenientes de lavagem de dinheiro. Para essas, eu contava tudo o que tinha ouvido nas minhas escutas. O quanto elas tinham sido feitas de idiotas, para que parassem de ir duas vezes por semana até o parlatório carregadas como mulas com sacolas de roupas.

Não bastasse isso, eu era paga por fora pelo ministério que me empregava e não declarava nenhum imposto.

Um verdadeiro carma, com certeza.

Aliás, é bastante assustador quando se pensa sobre isso, que os tradutores sobre os quais a segurança nacional se assenta, esses que traduzem ao vivo as conspirações tramadas por islamistas de porão e de garagem, são trabalhadores clandestinos sem seguridade social nem aposentadoria. Francamente, não chega a ser uma maravilha em termos de incorruptibilidade, não é mesmo?

Bom, para mim, que sou uma corrompida, me parece absolutamente assustador.

No início eu achava tudo divertido, aí um dia perdeu toda a graça.

Eu estava dando assistência a um coitado de um argelino numa audiência de indenização por prisão provisória. É uma jurisdição civil em que se discute o valor da compensação financeira que o Estado deve pagar a um inocente por ter acabado com a vida dele. Naquele dia, esse desfile de erros judiciários acontecia diante de um juiz especialmente execrável que olhava cada comparecente dos pés à cabeça com uma cara debochada do tipo *Você, inocente? E o que mais então?*

O árabe em questão, um trabalhador da construção civil que tinha feito a restauração da fachada de um prédio que abrigava uma doida varrida, tinha passado dois anos e meio em prisão provisória por um estupro que não cometera, até ser absolvido pelo Tribunal do Júri depois da retratação da tal doida varrida.

Ele tinha ficado me alugando por uma hora antes do início da audiência para me explicar o quanto aquele momento significava para ele, que ele via finalmente uma oportunidade de botar para fora tudo o que estava guardado no coração: a promiscuidade na cadeia, a recepção que os outros detentos reservavam para um estuprador como ele, os dois banhos semanais, a esposa que tinha voltado com as crianças para a terra natal, o bled, para a família que não falava mais com ele, para a casa que ele tinha perdido... Ele tinha muita coisa para falar. O tribunal podia tê-lo ouvido por cinco minutos, nem que fosse só para se desculpar pelo fato de um juiz de instrução ter ferrado totalmente com a vida dele mantendo-o preso sem provas por trinta meses. Mas não, o juiz que presidia a sessão, desdenhoso, o cortou logo de cara: *O senhor estava trabalhando clandestinamente na época. O senhor não está em posição de reivindicar o que quer que seja. Para nós, o senhor nem existe!*

Eu já não estava mais encontrando as palavras em árabe, de tão envergonhada que estava. Não conseguia nem olhar na cara dele. Comecei gaguejando, e o resto saiu por conta própria: *Eu também, senhor presidente, trabalho clandestinamente, e para o Ministério da Justiça, aliás. Então, já que eu não existo, se virem sem mim!* E fui embora, deixando tudo para trás.

Apesar do descontentamento, minha ascensão profissional foi meteórica. Meus colegas vão dizer que eu devo ter ido para a cama com muita gente para ter tido uma trajetória assim. O que chegou aos meus ouvidos é ainda mais vulgar: algo como quilômetros de paus de policiais, etc.

Isso poderia ter sido verdade, na medida em que são eles, os policiais dos diversos departamentos, que decidem qual intérprete vai ser chamado para traduzir as escutas ou as autuações de prisão dos casos em que estão trabalhando. É por isso que se acha todo tipo de gente nesse meio, porque, para ser nomeado como tradutor, basta *prestar o juramento de levar sua assistência à justiça...* Porém, é preciso levar em conta que muitos intérpretes franceses de origem magrebina conhecem apenas o idioma dos pais, enquanto existem dezessete dialetos árabes tão distantes uns dos outros quanto o francês do alemão. É impossível conhecer todos esses dialetos se você não estudou profundamente o árabe na universidade. Em outras palavras, os grampos telefônicos de um sírio ou de um líbio traduzidos por uma modelo marroquina, pela esposa tunisiana de um policial ou pelo personal trainer argelino de um delegado de polícia... Como é que eu vou dizer... Não estou criticando, mas não sei, não.

Acho que devo meu sucesso à minha disponibilidade, mas principalmente ao meu nome, Patience Portefeux. Sobretudo depois dos atentados, quando todo árabe é visto como um terrorista em potencial. *Quis custodiet ipsos custodes?* Quem vigia os vigias? Quem é que escuta os tradutores árabes? Hahaha... Ninguém! O que resta é rezar para que continuem surdos aos comentários desagradáveis dos quais são vítimas, eles e os filhos deles. Uma sociedade racista e paranoica forçada a confiar nos seus estrangeiros, que piada!

Eu era constantemente chamada para novos trabalhos, e preciso dizer que nunca recusei uma única oferta em quase vinte e cinco anos, mesmo doente. Por conta disso, e com o respeito que conquistei devido à minha confiabilidade, só me indicavam para aquilo que eu preferia e deixavam o resto para tradutores menos experientes.

    Foi assim que, pouco a pouco, escapei da tradução de audiências e de autuações de prisão para me concentrar nas interceptações telefônicas de inquéritos de tráfico de drogas e de crime organizado. Assim, eu me livrava da companhia de todos aqueles sujeitos que me contavam seus infortúnios, com algemas nos pulsos, eu, a primeira e única em toda a cadeia repressiva que falava a língua deles, já que, ao contrário dos burgueses paternalistas de esquerda, eu nunca precisei dedicar meu tempo aos amáveis árabes para sentir que existia. Tem de tudo entre eles, como entre todo mundo. Sujeitos respeitosos e porcos nojentos. Pessoas progressistas e matutos arcaicos. Sujeitos perdidos e isolados e também vilarejos inteiros que enviam seus jovens para cometer crimes e levar algum dinheiro para a sua terra. De tudo.

A certa altura até me aventurei no terrorismo, mas isso me causava pesadelos tão intensos que parei em seguida. Preciso dizer que, com a idade, a gente suporta cada vez menos a violência... Espancamentos policiais a um palmo do meu nariz como se eu não existisse, cusparadas no rosto acompanhadas de insultos do tipo *traíra nojenta* ou *vadia harki*, operações armadas onde me largavam na linha de frente sem colete à prova de balas para gritar em árabe diante das portas: *Polícia, abram*.

Tudo isso, a certa altura, me encheu o saco.

Eu traduzia escutas telefônicas principalmente para a divisão de narcóticos, nas suas instalações do número 36 do Quai des Orfèvres, para o OCRTIS, o Gabinete Central para a Repressão do Tráfico Ilícito de Entorpecentes de Nanterre – ou para a 2ª circunscrição da DPJ, a Direção de Polícia Judiciária. Entretanto, com os avanços da tecnologia digital, e porque eu sou Patience Portefeux, a-francesa-que-fala-árabe, ou seja, uma pessoa acima de qualquer suspeita, permitiram que eu me entocasse em casa para trabalhar em arquivos de áudio no meu computador. Por conta disso, quando minha mãe teve um derrame e minhas filhas sabiamente fugiram do meu temperamento ranzinza para dividir um apartamento, eu me enfurnei em casa como um hikikomori.

Foi a partir desse ponto que comecei com os quilômetros e quilômetros de traduções de conversas estúpidas entre traficantes de drogas para pagar os três mil e duzentos euros por mês que me custava o EPHAD, o *estabelecimento de longa permanência para pessoas idosas dependentes* onde tive que colocar minha mãe. Porque a tradução compensa quando você trabalha como um burro de carga: quarenta e dois euros a primeira hora, trinta euros as seguintes, principalmente quando é você mesmo que calcula o total de horas, aí dá para chegar rapidinho a cifras consideráveis. Mas, credo, isso deixa a cabeça entupida... Entupida de horrores com frequência, porque são os intérpretes que filtram a perversidade humana antes que os policiais e os juízes sejam confrontados com ela.

Estou pensando especificamente nas torturas seguidas de morte gravadas com um telefone celular que, em determinada ocasião, tive de escutar no âmbito de um caso de acerto de contas. Por acaso mandaram algum psicólogo para cuidar de mim? E, no entanto, era realmente horrível.

Asba, Patience, anda logo com a tradução...

Uma das diversas razões pelas quais estou cagando para todos eles.

Eu convivia principalmente com policiais no meu trabalho. Muitos são exatamente iguais aos que aparecem nos filmes: sempre mal-humorados por não terem nada sob controle em lugar nenhum. Sujeitos com um estilo de vida deplorável, cujas esposas já se mandaram há tempos e cujas noites, quando não estão enchendo a cara, se resumem a trepadas miseráveis com mulheres tristes e solitárias. Esses eu sempre mantive à distância, exigindo que me tratassem por senhora Portefeux, conforme a lei me autorizava. Surpreende, com certeza, mas impõe respeito, principalmente quando descobrem que sou viúva.

Porque eu não sou uma mulher triste e solitária, e sim uma viúva.

Eu devia minhas condições de trabalho a um policial divorciado, Philippe, que morava com o filho. Conheci-o perto do OCRTIS, em Nanterre, num dia que tinha sido chamada como reforço. Num caixa de supermercado, para ser exata, quando ele estava comprando cachorros-quentes em embalagens de plástico. Eu não sou nem um pouco o tipo de mulher que flerta, mas comecei a rir daquelas salsichas pré-enfiadas em pãezinhos pré-cortados. Não pude deixar de fazer um comentário do tipo *me desculpe, mas é que eu sempre me perguntei quem é que comprava essas coisas... Um policial sozinho*, ele respondeu, sorrindo, e simpatizamos um com o outro. Depois fomos para a cama.

Não era por causa dele que me requisitavam sem parar, mas eu devia a ele o fato de ser paga por hora e de poder traduzir de casa com total confiança.

Ele só me proporcionou coisas boas. Eu agi muito mal com ele, mas é preciso dizer que sua honestidade à prova de falhas fazia dele um estorvo e tanto.

2
DIZEI, O QUE VÓS VISTES?

Comunicação nº 1387: Haribo avisa Córtex que ele deve ligar para Juju, porque ele não está atendendo. Comunicação nº 1488: Córtex pede para Juju trazer a parada. Comunicação nº 1519: Juju não tem mais chocolate, mas tem verde. Comunicação nº 1520: Juju precisa que Córtex lhe traga dois de doze e uma salada. Comunicação nº 1637: Haribo encomenda mil euros de amarelo e vai enviar um menino em meia hora. Comunicação nº 1692: Haribo está na Place Gambetta. O menino não está lá. Comunicação nº 1732: Nhoque pede dez discos. Córtex diz que, em mais ou menos meia hora, vai encontrá-lo no shisha bar Balboa...

Eu traduzia essas coisas sem parar. Mais e mais, como um besouro rola-bosta. Sim, esse insetinho robusto de cor preta que usa as patas dianteiras para moldar bolas de merda e depois movê-las fazendo rolarem pelo chão. Pois então, sua rotina minúscula é basicamente tão emocionante quanto foi a minha por quase vinte e cinco anos: ele empurra a bola de merda, a perde, vai buscá-la de volta, é esmagado pelo próprio fardo, não desiste nunca, independente dos obstáculos e das peripécias que encontra pelo caminho...

Essa foi a minha vida profissional. E a minha vida de modo geral, aliás, já que passei todo o meu tempo trabalhando.

Quando acontecia (muito raramente) de eu falar sobre meu trabalho em jantares com amigos e conhecidos, as pessoas ficavam absolutamente fascinadas pelo que eu podia ouvir nessas conversas. Mais ou menos como no poema *A viagem*, de Baudelaire:

(...)
Mostrai-nos os escrínios das ricas memórias,
Joias maravilhosas, feitas de astros e ares.

Queremos viajar sem vapor e sem vela!
Para alegrar o tédio de nossas prisões,
Passai em nossas mentes, tensas como tela,
As paisagens que tendes nas recordações.

Dizei, o que vós vistes?

Nada! Eu não vi nada, porque... Pois então, porque não tem realmente nada para ver.

No início, eu escutava essa miséria com o interesse de um naturalista em busca de algum sentido que pudesse repercutir na minha vida, mas ali não tem nada além do que se pode ouvir numa padaria: *E pra você, o que vai ser? E o que mais? Mais alguma coisa?*

É que eu poderia escrever uma tese sobre traficantes de drogas, de tantos que escutei e de tão bem que os conheço. A vidinha que eles levam é igualzinha à de qualquer executivo de La Défense: totalmente desprovida de interesse.

Eles geralmente têm duas linhas telefônicas: a *comercial*, que está sempre mudando de número, e a *hallal*, mais perene, usada para a vida privada. O lance é que eles falam com as mesmas pessoas nas duas, e com bastante frequência se enganam de telefone: *Alô, mano, salam aleikum, me traz dez na shisha...* O interlocutor desliga sem dizer nada. Mais duas, três tentativas seguidas, mas o interlocutor não atende. Mensagem: *Qual é, meu, não desliga na minha cara...* Solta um palavrão... *Ahn, te ligo na outra.* E, assim, a linha hallal é grampeada. Então se chega rapidamente ao nome do titular, através das chamadas de pai, mãe, irmãos e irmãs, já que esses não colocam nos seus interlocutores os apelidos ridículos que eles se dão para não serem identificados.

Mesmo aqueles que são bem cautelosos, que só se falam por WhatsApp, Telegram ou Blackberry PGP, uma hora ou outra, porque estão precisando dar uma bronca em alguém, vão acabar pegando o telefone da linha normal e se entregando, como os idiotas que são.

Durante a semana, a jornada de trabalho deles começa por volta das duas da tarde e termina às três da manhã. Ela se resume a idas e vindas de scooter ou num

Smart entre os pontos de reabastecimento e de venda e o escritório deles, que fica no kebab da esquina ou na academia.

Se eu tivesse que filmá-los nas suas atividades, usaria como trilha sonora *What a wonderful world*, de Louis Armstrong.

Todas as conversas deles giram em torno de dinheiro: o que devem para eles, o que deveriam ter recebido, o que sonham ter... Esse dinheiro, eles torram no final de semana em casas noturnas — as mesmas que os executivos de La Défense, que também são seus clientes — com a diferença de que, quando a garrafa de champanhe de mil euros chega na mesa, eles a esvaziam, virando no balde porque não bebem álcool. Muitas vezes, na saída da casa noturna, arranjam briga e são sistematicamente presos e condenados sem que ninguém sequer tente descobrir se foram eles ou os executivos de La Défense que começaram.

Assim como seus clientes, eles passam o inverno na Tailândia, principalmente em Phuket, mas em outro bairro: em Patong, rebatizado Os Quatro Mil por conta do nome do conjunto habitacional de La Courneuve, em Seine-Saint-Denis. Os tailandeses os chamam de *french arabics*.

Lá estão de férias. Eles não vendem, porque o simples consumo de drogas é punido com vinte anos de prisão. No verão, eles se mandam para o bled com a família. Lá eles também não vendem, pelas mesmas razões.

Os filmes favoritos deles são *Velozes e furiosos*, todos eles, e *Scarface*. Todos eles estão nas redes sociais — livres ou em cana, aí depende —, onde se apresentam como funcionários da Louis Vuitton e alunos da Universidade de Harvard. Compartilham grandes verdades em que o islamismo sunita (a parte relacionada à poligamia, principalmente) se mistura com bordões de Tony Montana e com letras de rappers que têm mais de quinhentos milhões de visualizações no YouTube.

No quesito introspecção, eles são como todos os comerciantes do mundo... De uma pobreza retumbante.

And I think to myself what a wonderful world...

Não parece, eu sei, mas eu tenho certa afeição por alguns deles, porque me fazem lembrar do anarquismo de direita praticado pelo meu pai e porque falam, assim como ele, a língua universal: *a do dinheiro*.

Já fazia um bom tempo que eu trabalhava para a divisão de narcóticos traduzindo interceptações telefônicas de *french arabics*, que salpicavam suas conversas com algumas frases em péssimo árabe, convictos de que não haveria ninguém capaz de entender.

Eu normalmente trabalho em quatro a cinco casos ao mesmo tempo. Eles com frequência resultam de alguma denúncia de um rival que quer montar seu próprio negócio ou de um cidadão cansado da movimentação de traficantes no entorno do seu prédio.

Entre esses casos, tinha um que me dava muito mais trabalho do que os outros, pois os protagonistas, marroquinos de origem, só falavam em árabe. Isso me obrigava a traduzir as escutas na íntegra, e não apenas algumas frases aqui e ali, como geralmente acontecia.

Esse era um caso de tráfico de haxixe que funcionava em um circuito curto, do pequeno produtor ao consumidor, bem distante dos Go Fast e de todos os seus protocolos. Traficantes totalmente fora do meio criminoso habitual, denunciados não por um concorrente, mas por um vizinho do bled por causa de uma nebulosa história envolvendo uma nascente de água — ao estilo Jean de Florette, como diriam os jovens.

O produtor, Mohamed Benabdelaziz, vivia em Oued Laou, um vilarejo marroquino estrategicamente localizado à beira-mar, aos pés da cordilheira do Rif e dos seus campos de canábis, a quarenta quilômetros do enclave espanhol de Ceuta. Num pequeno lote de apenas seis hectares, ele cultivou a khardala, uma variedade de maconha de alto rendimento — plantas baixinhas, pesadas e cheias de flores, muito ricas em THC, que ele mesmo colhia e, o que é mais raro, das quais ele mesmo extraía a resina e que ele mesmo prensava. Assim que a droga entrava na Espanha, a totalidade do seu crédito de canábis era paga no Marrocos por uma operação de desconto de títulos intermediada por um saraf — um banqueiro, em árabe. O saraf pagava Mohamed antecipadamente e depois assumia a cobrança junto dos atacadistas franceses graças a arrecadadores de dinheiro tão discretos quanto respeitados. Estes trabalhavam para vários traficantes de drogas, mas também para comerciantes que não tinham nada a ver com aquele mundo. Recuperado o dinheiro, ele era usado na compra de eletrodomésticos ou de automóveis, que eram então reimportados para o país, desviando, assim, das políticas cambiais ultrarrigorosas praticadas no Marrocos para proteger sua economia.

Tudo isso funcionava num ambiente fechado, exclusivamente marroquino, onde todo mundo se conhecia tanto na França quanto no bled. Um circuito curto de venda e lavagem de dinheiro totalmente calcado, portanto, na economia real. Do produtor ao consumidor, como as cestas de vegetais orgânicos para hipsters.

Mohamed Benabdelaziz, o produtor, transportava sua droga através de um sobrinho, um francês de vinte e quatro anos originário de Vitry, subúrbio de Paris.

Quando comecei a escutar essa família, a droga era carregada num caminhão que transportava vegetais. Ele atravessava a fronteira de Ceuta graças à cumplicidade de um primo da alfândega, depois subia pela Espanha rumo à França, até o subúrbio, onde era aguardado pelos atacadistas, que se encarregavam, com suas equipes, da venda em Paris (linha comercial).

Eu tinha, admito, simpatizado com todos esses jovens, porque eles não tinham nada a ver com o perfil habitual da gentalha imatura e sociopata à qual eu estava acostumada.

Sobretudo Afid, o sobrinho do produtor rifenho, que era sério, respeitoso e trabalhador. Outro fato digno de nota: ele falava um árabe correto quando se dirigia aos seus atacadistas, que, no caso, eram seus amigos de infância, ainda que eles nem sempre compreendessem tudo (linha comercial).

A mãe dele vivia na França. Ela estava separada do marido, um argelino que tinha voltado para o bled para casar com uma mulher mais nova (linha hallal).

Considerando as informações que eu tinha juntado ao longo das conversas, entendi que, se Afid se expressava em árabe, sendo que sua língua era o francês, era para mostrar, à sua maneira, que o país onde ele cresceu o decepcionara. Ele tinha sonhado com montar uma oficina para carros de luxo na Côte d'Azur. Tinha se dobrado a tudo o que a sociedade esperava dele: não ficar por aí à toa, andar sempre na linha, ser um aluno aplicado, já que ele tinha um diploma de técnico em design e montagem de carrocerias com menção de louvor. Apesar de todos os seus esforços, ao concluir os estudos, ele levou bem no meio da cara a Grande Mentira Francesa. A meritocracia escolar — o ópio do povo num país onde ninguém mais é contratado, muito menos um árabe — não lhe daria as condições para financiar seus sonhos. Então, em vez de ficar de bovarismo com os amigos pelos blocos do condomínio ou de virar bucha de canhão do Daesh, ele foi morar no país dos seus pais com seu diploma no bolso e com a ideia de ir embora o mais rápido possível...

E como seu tio Mohamed produzia tijolos de resina de canábis, ele se viu de repente colocando sua expertise em carrocerias a serviço da fabricação de fundos falsos indetectáveis para os caminhões que subiam com a droga familiar (linha comercial do tio, também sob escuta).

A tal oficina com a qual ele sonhava quando tivesse juntado dinheiro suficiente, ele iria abrir em Dubai.

Eu achava que os Benabdelaziz eram pessoas simpáticas e cheias de entusiasmo, que irradiavam um amor forte e persistente pela vida. Um sentimento que me faltava totalmente naquela época, sobretudo por conta da hospitalização da minha mãe, período em que eu não fazia nada além de trabalhar para pagar o asilo, chorar e dormir. Colocar meus fones de ouvido e escutá-los contar suas histórias era, para mim, uma maneira de sair do meu apartamento triste ou da sala ainda mais triste da divisão de narcóticos para viver a vida deles por tabela, e isso me fazia bem.

Eu nunca traduzia as chamadas privadas deles. Indicava sempre como *irrelevante para o inquérito em curso*, o que não me impedia de seguir as andanças deles por prazer, como para saber as novidades de um galho distante da minha própria família.

Tinha vezes em que eu até entrava no Google Street View e ia empurrando a minha flechinha pela longa estrada cor-de-rosa que corria junto ao mar azul, com uma música de Tinariwen como trilha sonora. E assim eu me imaginava andando atrás de Afid para Oued Laou, o vento do alto-mar agitando os meus cabelos.

3
PARA A JUDIA INTRÉPIDA, NADA É IMPOSSÍVEL

Quando não estava acompanhando a novela cheia de peripécias da minha nova família marroquina, só para me distrair, eu ia visitar minha mãe no asilo.

Passar pela porta automática daquele estabelecimento poeticamente chamado *Les Éoliades* era como cruzar uma fronteira entre a vida e um universo em que o amarelo das paredes parecia entrar pelas minhas narinas junto com o cheiro de sopa de legumes, detergente industrial e lençóis sujos. Lá me recebiam, aglomerados no saguão à espera de que alguém os empurrasse até a sala de jantar, uma centena de velhos desnorteados, abanando a cabeça como a dizer *não* para a morte.

A diretora os chamava de "os residentes", brincando, com certo humor, sobre a oscilação semântica dessa palavra. "Residentes" como aqueles que dependem de uma residência, e não como pessoas que simplesmente moram num determinado lugar — e que podem, assim, ir embora quando bem entenderem.

No meio daquela humanidade derrotada, eu encontrava minha mãe amarrada numa espécie de cama-berço, encarando o teto com os olhos cegos arregalados como dois pires, esperando os céus se entreabrirem como as portas de uma loja no primeiro dia de liquidação.

Depois de entrar, eu a levava para o quarto dela. Lá, eu administrava com uma impaciência palpável sua papinha de deglutição especial para hemiplégicos severos. Em seguida, colocava nela o tip top tamanho adulto — *não se diz tip top, senhora, é infantilizante; o nome é pijama de peça única* — comprado em pacotes de dez pela internet. É para evitar que os acamados fiquem fuçando nas fraldas — *também não se diz fralda, senhora, mas proteção, em relação aos inconvenientes físicos ligados à dependência; fraldas são para bebês...* Depois eu esperava, enquanto ouvia suas elucubrações, que as camareiras a transportassem do tal berço para a cama de fato.

Quando a desentranhavam com um guincho daquela coisa de plástico branco e a colocavam deitada sobre os lençóis, ela tinha um ar tão vulnerável, toda encolhida dentro daquela roupinha apeluciada, que era completamente perturbador de se ver.

Ela, que tinha sido tão elegante nos seus vestidos de musselina lilás, agora tinha dentes sujos, uma boca pastosa dos remédios, cabelos totalmente grisalhos e um rosto coberto de pelos horrorosos.

Eu nunca tive uma relação tranquila com a minha mãe. Por exemplo, nunca a retratei, nos meus desenhos de infância, com uma saia triangular, olhos grandes e contentes e um sorriso em forma de banana. Não, nem pensar... Eu sempre a desenhei como uma aranha grande e peluda, com duas patas maiores para as pernas. As mães com sorriso em forma de banana eu chamava de *mãesdalaura*. Sabiam fazer absolutamente tudo, essas *mãesdalaura*: flores de papel crepom, fantasias para teatro, bolos com glacê cor-de-rosa em estilo rococó. Elas acompanhavam as crianças nos passeios escolares e carregavam, sem se queixar, uma pilha de casacos lá no fim da fila. Sempre que alguém perguntava sobre uma iniciativa divertida, um presépio de caixas de ovos, uma caça ao tesouro, um lustre de potes de iogurte, a resposta era invariavelmente a mesma: *foi a mãe da Laura que fez.*

Muito, muito distante dos bolos industrializados de tom amarelado que eu levava, encabulada, nas festinhas.

Não. Com seu dom de não fazer porcaria nenhuma parecendo estar sobrecarregada, minha mãe não era nem um pouco uma *mãedalaura*. Ela não sabia cozinhar nem um ovo, vivia numa casa caótica e considerava que a escola, bem, é pura encheção de saco, a minha sorte é que aconteceu o Anschluss, senão os meus pais iam ter *descoberto que eu não coloquei os pés lá por seis meses.*

Quanto aos filhos, ela nunca escondeu de mim que me concebeu única e exclusivamente para dar um filho para o meu pai. Se ele a tivesse abandonado, levando em conta essa grande decepção, acho que ela teria me entregue para adoção sem pestanejar.

Apesar de tudo isso, ela não era nem louca, nem indiferente, e como não esperava absolutamente nada da vida, nenhuma das suas expectativas jamais tinha sido frustrada. Quando jovem, só tinha desejado que não a matassem. Uma vez por semana, os que estavam no campo dela eram reunidos para embarcar num trem. Uma vez por semana, ela se posicionava, junto com a mãe, num círculo marcado com a letra do seu sobrenome, z. Mas quando chegavam no O, no P, às vezes no U, não tinha mais lugar nos vagões e as duas mulheres voltavam para seu pavilhão de tijolos depois de algumas horas de espera em meio a uivos de terror, separações familiares e execuções sumárias. Passada essa provação, ela decidiu que o mundo teria que se virar sem ela. O mundo, a casa, seu marido, sua filha... Tudo! Tudo iria simplesmente passar por ela. Como um pequeno satélite desregulado, ela iria se aproximar dos grandes acontecimentos da vida para girar em torno deles e então se afastar o mais depressa possível, até sentir que não lhe diziam mais nenhum respeito.

Ao longo de toda a sua existência, ela não comprou um único objeto pessoal, apenas roupas, perfumes e maquiagens. De manhã, passava horas se emperiquitando e se examinando seriamente no espelho, depois ia se acomodar, com seu vestido de babados — como num erro grave de seleção de elenco —, em meio aos móveis de estilo medieval pelos quais meu pai tinha optado (*quanto mais velho, maior a chance de ser de bom gosto*).

    Ali ela fumava seus Gallia enquanto lia romances, variações infinitas da mesma história: uma judia que partiu da Áustria, da Polônia, da Rússia... desembarca descalça ao pé da Estátua da Liberdade, em Ellis Island, e se torna, graças à sua astúcia, à sua bunda, à sorte... uma editora famosa, uma estilista renomada, uma advogada temida... A judia vai patrolando tudo o que aparece pelo caminho, sobretudo os homens. Seus filhos a odeiam. Ela morre sozinha, mas invejada e muito rica.

E minha mãe, sentada num genuflexório convertido em cadeira, iluminada por um elmo convertido em luminária, acendia nervosamente seus Gallia ao ritmo das andanças da judia, entrecortando sua leitura com pequenas exclamações intraduzíveis para o francês.

Contemplando-a com um olhar cheio de orgulho, meu pai, que, diga-se de passagem, todas as prostitutas do bairro de Madeleine conheciam pelo nome, dizia que ela era como uma obra de arte: muito bonita, mas com um valor de uso absolutamente nulo.

Era para ele que ela passava todo aquele tempo se arrumando de manhã? Ela garantia que sim, mas era mentira, porque, na maior parte do tempo, ele estava viajando a trabalho. Não, a verdade verdadeira é que ela não tinha amor por ninguém.

Se minha mãe se cobria com roupas de seda coloridas e com as vidas de judias intrépidas, era para ir todas as manhãs até o convés de um navio de cruzeiro imaginário com destino ao paraíso para o qual ela gostaria de ter emigrado depois da guerra — Miami Beach, a cidade dos tons pastel e dos prédios em forma de cassatas italianas; a cidade onde os asquenazes dançam noite e dia ao som de Paul Anka.

Como não foi isso que aconteceu, ela sufocava seu desejo na uniformidade dos seus dias, esperando pacientemente pelas férias enquanto lia seus romances e fumava seus Gallia.

Já mais para o fim, antes do AVC, ela ocupava seu tempo me pedindo dinheiro para ir comprar roupas na Printemps ou nas Galeries Lafayette e trocá-las no dia seguinte, com a cumplicidade benevolente das vendedoras. *Minha querida, eu já vou sair com ele*, dizia ela, majestosa, depois de fazer a troca, e então ia se perfumar no térreo para terminar o dia no Café de la Paix comendo bolos enormes com o guardanapo aberto sobre todo o corpo para não se sujar.

Quando sua lenta agonia no asilo começou, eu fiz uma limpa na última mansarda onde ela tinha vivido. Além de alguns móveis feios e sem valor e de louça toda lascada, encontrei uma caixa cheia de batons e esmaltes cor de laranja e uma impressionante biblioteca de histórias de judias intrépidas.

O que restou do seu cérebro depois do derrame já não entregava nada além de críticas completamente incoerentes destinadas a mim. Eram os milhões de euros que eu roubava dela, o imenso patrimônio imobiliário que eu estava deixando cair em ruínas e seu amado Schnookie, um fox terrier imaginário, que eu maltratava.

Eu sofria com suas críticas desde o meu nascimento, mas na última década isso ficou muito pior. Certa manhã, depois de ter gastado até o último centavo da bolada que meu pai tinha lhe deixado, as meninas deviam ter dezesseis, dezessete anos, ela me ligou e, com o tom surpreso e levemente exasperado de uma princesa que acha que o trabalho não está à altura, declarou: *Patience, não tem mais dinheiro no cofre...* Do mesmo jeito que ela teria dito, ao girar uma torneira: *Patience, não tem mais água...* E era verdade, restavam no banco apenas objetos que ela considerava preciosos — um exemplar do seu batom favorito para guardar o número da cor, seu certificado de judaísmo, os múltiplos papéis falsos do meu pai, uma moeda de metal que-não--dá-para-perder-porque-é-muito-importante, mas que mais ninguém sabe para que serve, as coleiras de cada um dos seus cães mortos —, mas nenhum vestígio do tesouro em moedas de ouro que seu marido precavido tinha deixado para ela ao morrer.

Ao usar a forma impessoal do verbo "ter", como em *não tem mais dinheiro*, ela estava simplesmente descrevendo um lamentável contratempo com o encanamento no qual não havia nenhuma pessoa atuante implicada — principalmente ela. Nenhuma acusação em particular, nenhuma animosidade. Tão somente: *não tem mais dinheiro*. Então ela naturalmente se voltou para mim, para viver às minhas custas sem sequer cogitar, por um segundo que fosse, que isso pudesse me deixar angustiada ou que eu tivesse que pegar no pesado para ganhar dinheiro, justo eu. Pior, ela me amaldiçoou secretamente por salvá-la da miséria, já que, ao ficar pobre, ela automaticamente se tornou uma mala sem alça, constantemente exigindo quantias até o último centavo, do tipo *eu preciso de duzentos e vinte e três euros e noventa centavos*, e se eu ousasse dar o valor exato ela montava num porco, me acusando de ser pão-dura ou de tirá-la para mendiga.

Eu sempre saía dessas visitas ao asilo completamente destruída.

Ao esperar o elevador, enquanto todos os velhos eram levados de volta para seus quartos, eu me jogava em cima de um sofazinho e me afundava na tristeza da situação, da minha vida, da vida em geral, que desabava sobre mim como um cabo rompido, deixando cair sua carga.

Eu me sentia amaldiçoada demais para uma pessoa viva, então chorava, chorava de impotência. Mais e mais. E essa incontinência emocional sempre me deixava envergonhada na frente dos funcionários, que se sentiam na obrigação de me consolar — mesmo que, preciso reconhecer, um sentimento como a vergonha esteja no limite do inadequado numa clínica para idosos dependentes.

Uma canção judaica, beirando o ridículo de tão judaica, ilustra perfeitamente o estado de espírito em que eu me encontrava:

> *Wejn nischt, wejn nischt*
> *schpor dir trern chotsch dich kwelt,*
> *wajl dos leben hot nor tsores*
> *oj wi schlecht, wen trern felt.*

Não chore, guarde suas lágrimas, não esgote suas reservas, a vida é um tormento tão grande que elas podem faltar para o que você ainda tem a sofrer...

E foi ali, exatamente naquele sofazinho, que a minha aventura começou.

Uma paciente com Alzheimer, a senhora Léger, convencida de que tinha que ir para seu trabalho de supervisora de seção na Balmain, ia de um lado para o outro diante de mim, com seus passinhos apressados. No início eu achava que ela era alguém que ia visitar um ente querido, de tão empetecada que sempre estava. Na verdade, essa senhora elegantérrima, com bolsa a tiracolo e saltos altos, era o que chamam de *residente errante* — um paciente em movimento perpétuo, trancafiado na sua obsessão de ir a algum lugar. Considerando a topografia do local, um corredor circular, essa pobre mulher ficava andando em círculos como um peixinho dourado no seu aquário, a memória apagada a cada volta.

Ela devia me tomar por uma de suas funcionárias que estava no bem-bom, porque, a cada vez que passava, convencida de estar me flagrando pela primeira vez, ela me dirigia um comentário desagradável e começava uma nova volta. *Menina, pare de chorar. Você deve ter duas mãos esquerdas, você não foi feita pra costurar, só isso... Volte ao trabalho em vez de ficar se expondo como uma prostituta!* Mais uma volta e... epa! *Você tá achando o quê? Que nós vamos continuar pagando esses intervalos intermináveis pra fumar? Volte já pro trabalho...* Em geral, na terceira volta eu parava de chorar e na quinta eu gargalhava abertamente, o que dava espaço para ameaças de demissão por insubordinação da parte da minha supervisora de seção com Alzheimer.

Eu me dava bem com os dois filhos dela, que se quebravam como eu para arcar com os gastos do alojamento naquele lugar maldito. Coitados, eles não tinham um, mas dois pais hospitalizados ali. Uma mãe demente e um pai acamado — custo da operação: mais de seis mil e quinhentos euros por mês naquele estabelecimento do 20º Arrondissement que não tinha absolutamente nada de luxuoso.

As auxiliares de enfermagem, depois de terem posto todo o andar para dormir, capturavam a caminhante para despi-la e colocá-la na cama à força. Amarrada na cama, ela berrava, chamava por socorro, gritava que estava sendo sequestrada... Era nesse momento particularmente horrível que eu decidia dar o fora dali.

Mas num dia de abril a senhora Léger escapou.

Fui eu que percebi. Entre soluços, perguntei para uma funcionária da limpeza se tinha acontecido alguma coisa com ela, visto que estavam me deixando matar tempo impunemente no meu sofazinho.

Ih, é verdade, onde é que a senhora Léger foi se meter?, respondeu uma simpática senhora africana com seu carregadíssimo sotaque marfinense. Ela imediatamente alertou a equipe, e todos saíram em busca da desaparecida. Todos os quartos e as áreas comuns foram metodicamente vistoriados, sem sucesso. Nada da senhora Léger. Ela tinha se escafedido, arrancando a pulseira de monitoramento como o raptor de *Parque dos dinossauros*.

O cérebro de alguém com Alzheimer costuma ser descrito como uma cebola que vai apodrecendo, camada após camada, de fora para dentro. *O desejo de liberdade está escondido bem no miolo*, eu pensava comigo mesma enquanto passava pelo rebuliço causado pelo desaparecimento da idosa.

E no dia seguinte, quando escutava a conversa da mãe de Afid com o filho na linha hallal, eu ouvi dela exatamente a mesma história.

Eu sabia que ela era auxiliar de enfermagem num asilo em Paris, mas estava a quilômetros de distância de imaginar que o destino a havia colocado em *Les Éoliades*, ao lado da cama da minha própria mãe.

Levei uma boa de uma semana para identificá-la, já que nos asilos é como nos hospitais e nas creches: há praticamente só negras e árabes trabalhando. *Racistas de todos os cantos, saibam que a primeira e a última pessoa que vai dar de comer para vocês e vai lavar suas partes íntimas é uma mulher que vocês desprezam!*

Reconheci ela pelo fato de que às cinco para as sete da noite, pontualmente, ela parava tudo o que estivesse fazendo e ia para uma sala de acesso restrito atender a ligação do filho — uma ligação cujo arquivo, com horário e data indicados, eu recebia no dia seguinte.

Não tinha como ela não estar a par do negócio dele. No entanto, escutando todas as noites, nos meus fones de ouvido, suas ingênuas conversas, dava realmente para se perguntar se alguém naquela família sabia que o tráfico de drogas era uma atividade ilícita e duramente reprimida na França.

Apesar de nunca ter prestado muita atenção nela, eu conhecia aquela mulher de vista por ser uma das que vez ou outra vinham me entregar uma bandeja com doces orientais enquanto eu chorava no meu sofazinho. Como ela era do turno do dia e eu ia geralmente à noite, nunca tinha trocado nenhuma palavra com ela, de fato — olá, tchau, como com todas as colegas dela. É preciso dizer que, quando você está nesse tipo de lugar, afundado na própria finitude, você não está muito a fim de papo. E sobre o que daria para falar, de todo modo? Tirando xixi, cocô e morte, não faço ideia! A menos que você esteja completamente perturbado, você entra nesse asilo com a obsessão de sair dali o mais rápido possível.

Ela era uma senhora um pouco mais velha que eu, de origem marroquina, bastante sorridente, que usava véu — algo muito bem tolerado, diga-se de passagem, quando as muçulmanas se limitam a fazer faxina e a dar banho em velhinhos.

Por curiosidade, adiantei um pouco meus horários de visita e passei a observá-la com outros olhos.

Khadidja, era esse o nome dela, veio por conta falar comigo quando eu estava tentando fazer minha mãe engolir um troço cor de água-viva. Não fazia nem cinco minutos que eu tinha chegado e já estava querendo bater com aquele pote na cara dela.

Ela educadamente tirou a colher das minhas mãos:

— Se a sua mãe não quer comer, é porque ela está sentindo que a senhora está muito tensa. A senhora fica com os dentes tão apertados quando aproxima a colher que eles vão acabar quebrando. Os idosos são como os animais, eles sentem pelo cheiro.

Minha mãe confirmou aquela análise me encarando como uma velha tartaruga hostil do fundo do seu berço-carapaça.

— Mas olha pra ela! Fica teimando em não abrir a boca!

— Faça um pouco de carinho nela ao mesmo tempo que dá a comida. Ela vai relaxar, a senhora vai ver.

E ela se pôs a passar a mão naquele braço enrugado e coberto de manchas escuras.

— Não dá, não consigo fazer isso! — eu disse, paralisada de nojo.

— Não tem problema, é pra isso que estamos aqui!

— Ninguém devia ter que passar por uma situação dessas; nem ela, nem eu. Que coisa horrível acabar assim!

— Mas, sabe, quando a senhora não está aqui, a sua mãe não é chatinha assim, não. Ela é bem alegrinha. Né, minha princesa?

E deu um beijo na minha mãe, que já tinha esquecido totalmente a minha presença e estava arrulhando em iídiche, com a metade do rosto paralisado:

— Ikh bin a printsesin!

— Ela conta um monte de histórias pra nós. Ela fala das recepções maravilhosas, quando o seu pai era embaixador em Miami. Dos convidados, da champanhe, dos vestidos lindíssimos, das palmeiras... Essas coisas, elas fazem a gente sonhar, tiram a gente um pouco daqui.

A ironia sufocante da situação me animou. Eu sorri.

— A nossa família nunca foi muito boa em demonstrações de afeto.

— Mas pelo que ela me conta da sua vida, das suas filhas, de tudo... Eu sei que ela sempre esteve presente, sempre esteve com você.

— Sim, isso não dá pra negar: ela sempre esteve muito presente... Do jeito dela, digamos assim.

— Vocês duas estão furiosas com tudo o que está acontecendo, e isso é normal. A sua mãe sente que está caindo, então ela se agarra em tudo o que pode, inclusive em você, o que faz ela se tornar insuportável. Ela tem medo da vida que está terminando, e a senhora também. É um momento difícil e que é sempre desafiador. É pra isso que nós estamos aqui, pra que seja um pouco menos duro pras famílias. Se a senhora me permite, não adianta nada ficar vindo todos os dias. A senhora já não aguenta mais, e vai acabar guardando só lembranças ruins dela. A sua mãe está bem cuidada aqui e, se surgir algum problema, a gente vai entrar em contato com a senhora. Pode ir tranquila pra casa.

Naquela noite eu não chorei no meu sofazinho. Inclusive convidei minhas duas filhas para jantar e preparei para elas o que minha mãe considerava sua especialidade culinária: *Meninas, com esta receita vocês vão se dar bem em qualquer circunstância.*

SALADA MIAMI

Uma lata de palmito, uma de milho e uma de abacaxi em rodelas

Um abacate

Cortar em cubos.

Colocar tudo numa vasilha.

Adicionar camarões congelados descascados.

Para o molho coquetel: misturar ketchup Heinz e maionese Amora até obter uma coisa rosa salmão.

Seria exagero dizer que Khadidja e eu simpatizamos uma com a outra naquele dia, mas ela era de uma tal delicadeza e de uma paciência tão grande com os idosos e com as famílias que conseguiu aliviar meu peso na consciência por não estar conseguindo fazer nada certo. Segui o conselho dela e comecei a espaçar as visitas.

Mas ali pelo final de junho as coisas ficaram complicadas.

Já fazia dois meses que eu vinha sendo bastante vaga, nas minhas traduções, sobre as quantidades importadas por seu filho Afid.

Nas primeiras interceptações, ele trazia no seu caminhãozinho de legumes, feito uma formiguinha discreta, cinquenta quilos por viagem, depois sessenta, depois setenta... A certa altura, parei de traduzir, omitindo essa informação com a indicação *inaudível* nos meus relatórios, nas raríssimas vezes em que a quantidade era mencionada. Em abril, estavam falando de duzentos e cinquenta quilos e, em maio, compraram um caminhão maior.

Só me eram enviadas as conversas que tinham algo em árabe para traduzir, mas eu sabia que os policiais da divisão de narcóticos, por sua vez, escutavam os atacadistas, que conversavam entre si e com os clientes em francês. Os companheiros de Afid estavam todos muito desconfiados e se limitavam a avisar por SMS as *chegadas de produtos frescos*, e nada mais. Suponho que nem eles mesmos soubessem exatamente a quantidade que estava a caminho antes que a droga fosse entregue.

A família Benabdelaziz, no final de abril, tinha investido num Crompton usado, um barco a motor semirrígido de fundo chato, para atravessar a fronteira espanhola por mar, deixando o novo caminhão estacionado permanentemente em Ceuta.

Não omiti esse detalhe nos relatórios das minhas escutas porque todo mundo, tanto no Marrocos quanto na França, só falava dessa compra e dos passeios no mar que daria para fazer no verão — *uma loucura*, diziam —, mesmo que Afid tentasse sossegar o facho deles, sublinhando que se tratava de uma ferramenta de trabalho.

Em julho, Afid estava planejando uma travessia não mais sozinho, mas acompanhado de um funcionário do seu tio. Na praia de Calamocarro, em Ceuta, estaria à sua espera uma equipe especializada na descarga de entorpecentes, os aguadores, cujo trabalho era garantir a segurança do local de desembarque e transferir a droga da forma mais eficiente possível para o caminhão de fundo falso.

O pessoal da divisão de narcóticos imaginava que as quantidades importadas deviam ser muito maiores do que o normal para que os Benabdelaziz precisassem de todos esses reforços.

Por curiosidade, eu tinha assistido no YouTube como eram feitos esses desembarques. Dava para ver essa nova categoria de "atendentes de quiosque" transferindo as cargas em plena luz do dia e com total impunidade em meio aos banhistas, que filmavam com seus telefones.

Depois que a droga estivesse no caminhão, os dois homens não pretendiam levá-la até Paris com a participação de outros veículos num comboio de Go Fast, mas sozinhos, discretamente, no ritmo sossegado de um transporte de vegetais, até um depósito situado nos arredores de Vitry, onde estariam esperando, além dos três parceiros de costume, outros dois atacadistas com seus próprios veículos. Na volta, Afid planejava guardar o caminhão e depois seguir com a mãe e a irmã até o Marrocos para as férias de verão.

Os policiais, sentindo o cheiro de uma grande apreensão, haviam decidido fazer uma prisão em flagrante delito, a fim de, como eles diziam, esmagar as formigas maconheiras a chineladas antes de sair para as férias na praia.

E assim o absurdo total da minha situação se revelou para mim: eu adulterava alegremente escutas telefônicas — na melhor das hipóteses, por pura e simples maldade; na pior, para agradar a mãe de um traficante de drogas que, aliás, não tinha me pedido nada —, e iam descobrir numa garagem em Vitry sei lá que quantidade de um haxixe de alta qualidade chamado olive, que podia custar até cinco mil euros o quilo.

A saída da Espanha estava prevista para a noite de 13 de julho, a fim de entrar na França no dia 14, dia da festa nacional, e chegar em Paris com uma vigilância inexistente, tendo em vista a mobilização das forças de segurança para o plano Vigipirate.

Nesse ponto do inquérito, já não era mais possível traduzir de casa. Fui convocada na sede da Polícia Judiciária no dia 13, por volta das dez da noite, onde ficaria até o caminhão chegar, mais ou menos na altura de Poitiers, na tarde do dia 14. Aí pelas quatro da tarde, quando tudo estava finalmente nos trilhos, fui autorizada a voltar para casa para tomar banho e dormir algumas horas, a fim de estar descansada para traduzir a autuação da prisão em flagrante do motorista marroquino.

Saí correndo em pânico para a casa de repouso.

Chegando lá, procurei Khadidja e então, depois de arrastá-la para a sala de acesso restrito, expliquei brevemente em árabe quem eu realmente era, o que tinha feito e o que sabia. Pedi que ligasse para o filho, que devia estar, levando em conta a hora em que eu tinha saído da sede da polícia, mais ou menos na altura de Orléans.

Ela me olhou assombrada, mas não deu um pio para me interromper. Quando terminei, ela fez o que eu pedi e explicou a situação para ele com uma capacidade de síntese e um sangue frio extraordinários:

— Fica quieto e me escuta: tem uma senhora aqui na minha frente que fala árabe e tá dizendo que você tem que sair da estrada e esconder os peixinhos em algum lugar. Depois você volta pra estrada sem avisar ninguém, porque senão eles vão mexericar e vão saber que fomos eu e a senhora que te avisamos. Eles estão te esperando em Vitry. Não resista, por favor.

Eu estava olhando o trajeto da rodovia A10 no meu telefone enquanto ela falava.

— Pergunta qual é a próxima saída da rodovia.

— A senhora quer saber em que saída você está exatamente.

— A próxima é a 14, Orléans Nord.

— Diz pra ele jogar o telefone pela janela agora e sair só na 12, senão vão rastrear a localização dele. Na 11 tem o pedágio de Saint-Arnoult e a polícia colocou duas viaturas vigiando lá.

— Joga o telefone fora agora e sai na 12 pra esconder os peixes, entendeu? Na 12! Depois não vai mais ter como.

— Tchau, mãe — ele disse ao desligar.

Khadidja me encarou com os olhos arregalados pelo medo e depois começou a chorar.

Eu estava com um nó na garganta.

Abracei ela e ficamos esperando sentadas, agarradas uma na outra, com a respiração pesada, com os olhos e os ouvidos voltados para a porta, com a cabeça ainda mais distante, junto dos policiais que estavam à espera de Afid.

Em determinado momento, me levantei e fui visitar minha mãe.

Afid obedeceu e foi preso, como previsto, ao encontrar os cinco atacadistas que estavam esperando tranquilamente, apesar do seu enorme atraso. Em Vitry, os policiais obviamente encontraram apenas um esconderijo vazio que Platoon e Laser, os dois pastores-belgas-malinois da unidade canina, devem ter indicado latindo como possuídos.

Fui chamada por volta das sete da noite para traduzir o interrogatório do transportador matuto que só falava marroquino, e voltei para lá com o coração leve, sem sentir culpa nem medo, e sim... Como é que eu poderia dizer? Uma alegre indiferença.

Quando cheguei na divisão de narcóticos, encontrei a correria de sempre. Os inspetores, que não dormiam há quarenta e oito horas, passavam freneticamente de uma sala para outra com os depoimentos dos mais tagarelas para confundir os mais quietinhos. Além de Afid, do transportador e dos cinco atacadistas que estavam esperando a mercadoria, a polícia tinha prendido uma dúzia de pessoas relacionadas, como as namoradas, os pais e alguns traficantes, cada um levando uma prensa numa sala separada. Khadidja ainda não tinha sido interrogada, mas era questão de horas, pois o turno dela terminaria em seguida e já teria alguém esperando na frente do prédio.

Homens jovens, todos de origem árabe, entravam e saíam com algemas nos pulsos. Eu não sabia quem era o famoso Afid até um inspetor anunciar minha presença, gritando *a intérprete chegou!*, e então um menino que estava esperando sua vez de ir para o exame médico me encarou. Fiquei vermelha como um pimentão.

Traduzi o interrogatório do marroquino. Pelas respostas lapidares às perguntas feitas pelo inspetor: *não sei de que droga o senhor está falando, é o senhor que está dizendo*, etc., entendi rapidinho que ninguém naquele caso iria deixar escapar nem uma mínima informação.

Os policiais, não tendo encontrado a droga, ficaram perdidos em relação à quantidade, que eles ainda assim estimavam ser da ordem de meia tonelada. Como ela tinha sumido do mapa, eles não estavam nada satisfeitos, por mais que as interceptações, particularmente reveladoras, fossem suficientes para mandar todo mundo para a cadeia.

À pergunta *Por que você saiu de forma tão apressada da rodovia e o que você fez entre Orléans e o pedágio de Saint-Arnoult durante mais de duas horas?*, o marroquino respondeu que estava transportando o caminhão junto com Afid para vendê-lo. Como iam pagá-los na entrega, eles ficaram preocupados com um barulho estranho que o motor estava fazendo. Tinham perdido duas boas horas consertando, depois voltaram para a rodovia e pisaram fundo para não chegarem atrasados no encontro com o comprador. *E o esconderijo? Que esconderijo? Tinha um esconderijo? É mesmo? Eu não sabia!*

Dava para ver claramente que os dois inspetores estavam querendo bater nele, mas aquilo que eles se permitiam ainda há pouco já não faziam diante da minha respeitável meia-idade. Então eles pararam por aí, totalmente a contragosto.

Quanto a mim, se tivessem me pedido para traduzir a chamada entre Khadidja e seu filho antes do pedágio de Saint-Arnoult, eu teria escrito o que sempre escrevi: *Conversa irrelevante para o inquérito em curso*, e obviamente acreditariam em mim. Mas ninguém me pediu nada.

Lembro de ter voltado para casa completamente esgotada.

Tirei a roupa e me instalei na frente do espelho do banheiro para tirar as lentes de contato, mas, ao olhar para mim mesma, fiquei chocada ao ver aquele semblante carregado me encarando.

Khadidja estava certa quando disse que eu estava furiosa. Dava para dizer sem exagero que isso estava transbordando de todo o meu ser, como esgoto depois de uma tempestade. Fiquei me observando detidamente. Meus seios, minhas coxas, meus braços... Tudo tinha virado uma causa perdida. Meu corpo inteiro estava pedindo socorro. Eu tinha que encarar a realidade: eu estava ficando velha.

O que é que ia ser de mim, que não tinha aposentadoria nem previdência social? Eu não tinha nada, a não ser minhas forças em declínio. Nem um mísero centavo guardado; minhas escassas economias tinham ido pelo ralo com a agonia da minha mãe em *Les Éoliades*. Quando não tivesse mais forças para trabalhar, eu já me via apodrecendo sem nenhum cuidado no meu prédio cheio de chineses que não me deixariam dormir com sua gritaria insuportável. Mesmo que os membros da tentacular família Fò, desde sua chegada, olhassem para mim como quem olha através de uma vidraça, eu ficaria opaca rapidinho quando eles percebessem que eu não estava mais pagando o condomínio, e me botariam para morrer na calçada, como uma pomba qualquer.

Foi isso que eu disse para mim mesma naquela noite enquanto me olhava no espelho.

Essa visão ultrarrealista do meu destino me deixou tão desesperada a ponto de eu decidir me maquiar, me perfumar e depois vestir meu lindo vestido cor de compota de damasco. Para ninguém, só para mim. E enquanto eu tentava me tranquilizar na frente do espelho, ouvi as detonações. Foi só na terceira explosão que entendi não se tratar de um atentado, mas dos fogos de artifício do 14 de Julho, que eu tinha esquecido completamente.

Subi a escadaria do prédio de dois em dois degraus até o último andar. Um jovem casal de chineses já tinha aberto o alçapão de emergência e se acomodado por ali para assistir às explosões como dois apaixonados. Fui até a outra extremidade do telhado para viver minha trip sozinha, eu, a viúva Portefeux, a meia sem par.

Deitei de barriga para cima, com os braços abertos, e, sob aqueles feixes de cores, fui sendo tomada pelo prazer enquanto oferecia meu corpo ao céu.

De volta ao meu apartamento, fui para a cama sem conseguir pregar o olho, me virando febrilmente nos lençóis, com a cabeça tomada por tudo aquilo que eu tinha acabado de viver.

Fazia quase vinte e cinco anos que eu estava agarrada num pedaço de madeira flutuante em meio à tormenta da minha lamentável aventura, à espera de uma reviravolta digna de série de tevê. Uma guerra, um bilhete premiado, as dez pragas do Egito, sei lá. E enfim estava acontecendo!

Ao olhar para o meu retrato ao lado de Audrey Hepburn, disse a mim mesma que a coleção de fogos de artifício era um projeto ambicioso pra caramba... Uma vez que eles eram lançados apenas nos céus de verão, persegui-los ao redor do mundo equivalia a viver the endless summer — o verão sem fim, uma sina de surfistas carregados por uma onda enorme ao redor do globo. Sydney na virada do ano, depois Hong Kong, Dubai, Taipei, Rio, Cannes, Genebra e, para terminar, a maior queima do mundo: Manila. Fogos de artifício lançados de cem lugares ao mesmo tempo, a ponto de deixar a cidade parecendo um campo de batalha extraterrestre.

Um projeto de vida tão satisfatório quanto a visão da menininha dos olhos azul-Patience diante do seu sorvete gigante.

E havia, em algum lugar perto da saída 12 da rodovia A10, em pleno campo, uma quantidade enorme de haxixe que estava só esperando para ser encontrada.

Não houve uma grande luta interior antes de eu meter o nariz nos negócios da família Benabdelaziz. Luta nenhuma, para ser honesta. Eu até ousaria dizer que agi por instinto ou, sendo mais precisa, por atavismo.

E no que diz respeito à culpa, eu não sentia nada — nadinha!

Na verdade, no primeiro dia da minha prática profissional, eu já tinha entendido que não havia nenhuma lógica na minha função.

São catorze milhões de consumidores de canábis na França e oitocentos mil produtores que ganham a vida com essa cultura no Marrocos. Os dois países são amigos e, no entanto, esses moleques cujas negociações eu escutava o dia inteiro estavam cumprindo penas pesadíssimas na prisão por terem vendido seu haxixe para os filhos dos policiais que os investigam, dos magistrados que os julgam e também de todos os advogados que os defendem. Por conta disso, se tornavam amargos e cheios de ódio. Ninguém vai me tirar da cabeça (mesmo que meu namorado policial me diga que estou errada) que esse exagero de recursos, essa insistência em esvaziar com uma colherinha de chá o mar de haxixe que inunda a França, é acima de tudo uma ferramenta de controle *das populações*, na medida em que possibilita que se peçam os documentos dos árabes e dos negros dez vezes por dia.

Seja como for, o tráfico de drogas garantiu meu sustento por praticamente vinte e cinco anos, da mesma forma que o dos milhares de funcionários responsáveis por erradicá-lo, assim como o das muitas famílias que, sem esse dinheiro, só teriam os benefícios sociais para se alimentar.

Até nos Estados Unidos, em matéria de descriminalização, eram menos estúpidos do que nós, para se ter uma ideia. Estavam esvaziando os presídios para abrir espaço para os bandidos de verdade.

Tolerância zero, reflexão zero: eis a política de drogas praticada no meu país, supostamente dirigido pelos melhores da turma. Mas, felizmente, nós temos o nosso terroir... Ficar enxugando da manhã à noite, isso pelo menos é permitido. O azar é dos muçulmanos, mas é só eles encherem a cara, como todo mundo, se estiverem a fim de cultivar a beleza interior.

E eu lá ia sentir alguma culpa? Conta outra!

A mulher maltratada pela vida estava sendo arrancada da sua inércia mental. *Eu não espero mais; eu quero!*, como repetia Randal, herói de *Le voleur*, de Georges Darien, livro favorito do meu pai. Na minha família, nós sempre trabalhamos com os árabes, então tudo bem continuar. Era ridiculamente óbvio.

Com a mente desperta, voltei ao ramerrão trabalho-asilo. Algumas traduções num caso de cafetinagem —

garotas marroquinas trazidas do bled por uns sujeitos que prometiam que elas iriam virar prostitutas de jogadores de futebol; os inevitáveis golpistas do cartão de crédito fazendo seu corpo a corpo, todos de Boufarik — uma renda garantida há dez anos tanto para eles quanto para mim; tráfico de haxixe com três marroquinos sem graça que juravam *pelocorãodemeca* a cada duas frases, burros como eu raramente tinha visto; e, por fim, Khadidja, posta de novo sob escuta pelo juiz de instrução.

E então, três dias depois, em 18 de julho, minha mãe teve um segundo AVC.

As auxiliares de enfermagem perceberam que o cérebro dela tinha encolhido, ao longo de uma noite, para o tamanho de um caroço de pêssego. Ela já não conseguia engolir absolutamente nada, não falava mais nenhuma palavra em francês e dava longos gritos de pavor. A direção a encaminhou para uma tomografia, que confirmou o diagnóstico: o que restava do hemisfério direito estava totalmente fora de serviço, e o esquerdo estava boiando em sangue.

Quando cheguei em *Les Éoliades* para verificar o desastre, Khadidja tinha voltado ao trabalho e estava me esperando, sentada na cama da minha mãe:

— Eu queria agradecer a senhora.

O véu contrastava com a palidez do seu rosto, devastado por uma semana sem dormir, e dava a ela uma expressão profundamente trágica.

Eu a tranquilizei em árabe:

— Não tinha como eu não fazer nada, já que fiquei todos os dias escutando a senhora conversar com o seu filho. Teve notícias dele?

— Sim, o advogado me disse que ele estava bem e me pediu um monte de dinheiro.

Nesse ponto ela hesitou, depois me perguntou em árabe:

— Mas então a senhora sabe tudo sobre nós?

— *Tudo* não sei. Eu acompanho a vida da sua família faz cinco meses. A senhora, seu filho, seu irmão e também o motorista que trabalha na fazenda — respondi, em francês.

— Que constrangedor.

— Não tem por que ficar constrangida, de verdade... A senhora também está mergulhada na minha intimidade... Olha para mim, eu não consigo encostar na minha mãe, não consigo trocar a fralda dela, fazer ela comer, nem que seja um iogurte. Eu é que devia estar constrangida por estar me expondo desse jeito. A senhora fez muito por ela. E por mim.

Khadidja começou a soluçar em francês:

— Os policiais quebraram tudo lá em casa e falaram comigo como se eu fosse um lixo. Nós somos pessoas decentes, senhora, não somos bandidos.

— Eu sei, vocês só querem que a vida seja um pouco mais fácil. Estamos todos na mesma, a senhora sabe.

— O meu filho disse que foi o vizinho do meu irmão que denunciou a gente, porque a gente encontrou uma nascente e ele não. Antes a gente plantava amêndoas nas terras da família, depois o meu irmão, quando ele encontrou essa maldita nascente, ele pensou que finalmente ia dar pra plantar khardala como todo mundo, porque é uma cultura que precisa de muita água.

— E é dela que ele extrai a resina e depois prensa, eu sei de tudo.

— Sim, é ele mesmo que faz as tbislas. É bastante trabalho. No início, eu era totalmente contra, porque achava que só ia nos trazer incomodação, mas depois o meu filho me convenceu que, com o nosso primo na alfândega, não ia ter nenhum problema pra passar. O meu filho é muito inteligente, a senhora sabe. Ele sempre foi o primeiro em tudo. Ele tem diploma, mas aqui ninguém quer dar trabalho pra ele.

— Há quanto tempo ele faz isso?

— É a terceira safra, mais ou menos, mas antes o meu irmão esfregava os galhos e as flores nas peneiras e levava muito mais tempo. Foi o meu filho que ensinou ele a fazer isso mais rápido, congelando as plantas. Dá pra dizer que essa produção é realmente dele, ele criou até o logotipo. E já fez várias viagens, mas nunca tinha trazido tanto quanto dessa vez. Eu sabia que isso ia terminar mal, mas ninguém me escuta. A sorte é que o meu irmão conseguiu devolver a nossa parte pro saraf, senão...

E ela ergueu as mãos para o teto para dar a entender que a família tinha conseguido evitar por muito pouco a ira divina.

— A parte de vocês? Não entendi...

— No caminhão também tinha mercadoria que ele transportava para outros... E esses aí eu tenho certeza que estão me seguindo. A minha impressão é que o tempo todo tem dois olhos grudados nas minhas costas quando estou caminhando.

— Pode ser a polícia. Eles também querem a droga.
— Não, não, eu sei o que estou dizendo. Esses aí são lá da nossa terra. A polícia mandou eu me apresentar na delegacia duas vezes por semana, como se eu fosse uma criminosa. E me proibiu de ir ver o meu filho na cadeia, e eu também não tenho mais o direito de entrar em contato com o meu irmão, mas isso não tem importância, porque a minha filha me ensinou como eu tenho que fazer com o PlayStation pra falar com ele sem que ninguém consiga nos escutar.

Interrompendo nossa conversa, minha mãe, totalmente confusa, começou a berrar de terror, apontando seu dedo válido para um ponto imaginário situado na direção do banheiro:
— Neyn, ikh vet nit! Neyn, ikh vet nit!
— Para com isso, mãe!
Khadidja fez um carinho no rosto dela para acalmá-la.
— Pobrezinha, ela está assim desde que trouxeram ela do hospital. Principalmente à noite. Ninguém entende nada dessa língua que ela fala. Ela parece estar com muito, muito medo.
— Significa *eu não quero* em iídiche. Quando ela era jovem, ela viu coisas terríveis. Dá alguma coisa pra ela ficar calma, por favor... Arranja algum remédio pra ela dormir o dia inteiro e acordar só pra comer.
— Eu não tenho nada pra dar pra ela se o médico não vier prescrever, mas a senhora pode trazer tudo que quiser que eu cuido do resto. É o mínimo que posso fazer.

— Em primeiro lugar, não mude de número, senão eles vão ficar desconfiados e vão achar que a senhora está querendo esconder alguma coisa. Se deixaram ficar com o telefone, é porque está grampeado. Se eles não encontraram a droga que Afid escondeu, é porque eles estão procurando no lugar errado, lá onde ele foi rastreado pela última vez antes de jogar o celular fora. Converse só em árabe pelo telefone, assim tudo vai passar sempre por mim, pra eu traduzir as conversas. Converse em árabe com todo mundo, sempre!

— Aaaah! — ela fez, com um ar de conivência.

— Khadidja, eu posso vender a produção de vocês. Não sei exatamente como, claro, mas por conta do meu trabalho eu sinto que é possível. Eu já mostrei que vocês podem confiar em mim... E eu preciso de dinheiro! Tudo o que ganhei na minha vida eu usei pra criar as minhas filhas e pagar este hospital. Se eu não fizer alguma coisa depressa, vou morrer como uma mendiga.

Então ela pegou delicadamente no meu braço.

— Eu posso falar no meu telefone, tem certeza?

— Sim, sem problema.

— Então eu vou organizar um encontro com o meu irmão. Amanhã.

Na hora eu não entendi o que aquilo queria dizer.

Quando voltei ao asilo no dia seguinte, no mesmo horário, com Diazepam, Khadidja me encarou com um olhar conspiratório e me acompanhou até o quarto da minha mãe, fechando a porta à chave. Ali, enquanto eu a drogava com uma bebida azulada por vinte gotas de remédio, sendo que a dose máxima recomendada era cinco, a auxiliar de enfermagem conectou um console de videogame num dos notebooks da clínica e iniciou uma sessão privada no GTA 5.

Ela escolheu para mim um avatar de uma mulher jovem e atlética, com cabelo comprido e branco e de olhos azuis, e eu apareci na pista de um aeroporto militar em plena selva.

Um avião grande, com duas hélices duplas, pousou, e um homem de meia-idade saiu de dentro dele.

— Olha, esse aí é o meu irmão — disse, orgulhosa.

E então a silhueta começou a correr muito rápido na minha direção.

Eu estava completamente chocada. Quando parados, os dois personagens ficavam oscilando meio desajeitados de um pé para o outro, com os braços caídos, em latência.

— Pode falar, ele consegue ouvir.
— Olá. O senhor é o... Mohamed?
— Sim.

A conversa prosseguiu em árabe.

— A minha irmã me disse que a senhora queria falar comigo.

— Eu sei que o senhor não tem mais o contato para vender a produção de vocês, mas eu posso indicar algum por conta do meu trabalho. Neste momento, por exemplo, eu estou escutando uns caras, uns marroquinos, que têm uma boa clientela no sul de Paris: Nation, Vincennes, Saint-Maur...

Seguiu-se um longo silêncio.

— Não sei de nenhum desses caras que a senhora tá falando.

Ele não era propriamente a gentileza em pessoa; era um tosco.

— Eu dou os nomes deles e o senhor faz a sua pesquisa pra ter certeza de que as famílias são de confiança.

— Aham... De confiança...

— Se a gente trabalhar com esses rapazes, dá pra ganhar uma grana gorda rapidinho, porque eu vou estar sempre um passo à frente da polícia.

Ganhar uma grana gorda... Eu sabia, por ter encontrado regularmente nas minhas escutas essa expressão impudica e gulosa, que ela tinha o poder de amaciar os traficantes do mesmo jeito que as promessas de doce atraem as crianças.

— A senhora nem sabe do que tá falando.

— A qualidade mais baixa vale de duzentos e cinquenta a trezentos o quilo no Marrocos e é negociada por oitocentos na Espanha, depois que passou a fronteira. O paquistanês é comprado por mil e duzentos e revendido por dois mil e quinhentos na Espanha. O olive, ou seja, a resina de vocês, como é mais rara, está mil e quatrocentos no Marrocos, quatro mil na Espanha. Depois, entre a Espanha e a França, o quilo sobe mais mil, em média. Já o pólen, o aldallah, vocês não produzem, mas deveriam, porque os caras que eu tô falando têm clientes com bastante grana. Pra droga de vocês eu acho que, no varejo, a gente consegue chegar em até cinco mil o quilo, de tão baixa que é a qualidade que está atualmente no mercado.

— Aham... A senhora acha...

— E fico com vinte por cento sobre o preço de varejo.

— Ah, claro...

— O que eu estou propondo é botar em pé uma organização segura, que dure e que garanta abastecimento contínuo pra um grupo de pessoas que vou escolher depois de testar elas por bastante tempo, escutando elas sem elas saberem. Além disso, eu preciso lembrar o senhor de que, agora, a droga está no meio do nada. Se o seu sobrinho disser onde ele escondeu, eu e a Khadidja podemos levar pra um lugar seguro. O senhor pode confiar em mim.

— E como é que eu vou saber onde tá? Em algum lugar pela estrada! O Afid não me mandou as coordenadas de GPS com o celular dele porque a senhora teve a brilhante ideia de mandar ele jogar fora antes de encontrar um esconderijo. Por sua causa eu vou ter que esperar ele entrar em contato comigo.

— Se eu não estivesse aqui, tudo estaria perdido, então vamos combinar que é graças a mim que vocês ainda têm a mercadoria. Aliás, não me lembro de ter ouvido nenhum agradecimento da sua parte.

Ele já estava começando a me dar nos nervos.

— Aham...

— Quanto tinha?

— Na real, eu nem sei por que eu tô falando com a senhora.

E a silhueta desapareceu da tela, me deixando sozinha na selva.

— Meu irmão mais velho é meio à moda antiga — disse Khadidja como pedido de desculpas.

— Como assim?

— Acho que é porque a senhora é uma mulher instruída. Ele se sente humilhado.

— Que bobagem!
— É o jeito dele.
— A minha vida toda vão ficar botando a culpa em mim por ser mulher.
— A mesma coisa comigo, mas eles que se danem! A vida é minha, e eu gosto dela assim.

Minha mãe, completamente fora da casinha, começou a sorrir, com toda pinta de estar acompanhando a conversa. Nós ficamos olhando para ela, em silêncio.

— Ela me contou uma história, e eu sempre me perguntei se era verdade. No fim da guerra, ela pegou uma coisa bem grave, que deu nela uma febre de quarenta e um e meio. As pessoas em volta estavam convencidas de que ela não ia sobreviver à noite e, enquanto estavam lá, debatendo sobre o caso dela, começaram a aparecer no travesseiro como que uns raios emanando da cabeça dela. Todo mundo se ajoelhou para rezar dizendo que ela era uma santa, menos a minha avó, que não acreditava em nada e, acima de tudo, não acreditava que sua filha tivesse sido tocada por alguma graça. Ela chegou pertinho dela para olhar melhor aqueles tais raios: eram colônias de piolhos abandonando a cabeça da minha mãe em fila indiana porque ela estava moribunda. A senhora por acaso já viu ou ouviu algo desse tipo?
— Não, nunca ouvi uma coisa dessas.
— Pois é. É o que eu imaginava.

Dois dias se passaram e, enquanto eu estava na 2ª DPJ, no 10º Arrondissement, traduzindo uma autuação de prisão, meu telefone começou a tocar insistentemente, mostrando o número da clínica da minha mãe.

No fim das contas, em pleno trabalho, atendi a ligação, me desculpando mil vezes. Era a diretora.

— A senhora precisa vir até aqui imediatamente, sua mãe ficou gritando sem parar a noite toda. Além disso, ela bateu numa auxiliar de enfermagem que obviamente aproveitou a oportunidade pra sair de licença médica. Acho que chegou a hora pra todo mundo dela ser internada em cuidados paliativos. Ou então a senhora vai ter que contratar uma cuidadora.

— Eu não posso sair do meu trabalho agora. Daqui a duas horas eu vou ter um intervalo.

— Sem querer ofender, mas eu não estou em condições de ter uma paciente tão complicada. Estou operando com três auxiliares de enfermagem, mas eu precisaria do dobro. Isto aqui é uma comunidade, e a sua mãe gritando dia e noite deixa os outros internos angustiados, sobretudos os com Alzheimer, que já são bem difíceis de administrar durante o verão.

— Mas eu vi ela anteontem, ela estava calma. A Khadidja cuida tão bem dela e...

— A Khadidja faleceu!

— O quê?

— Ela teve um infarto ontem à noite na frente de casa quando tentaram roubar a bolsa dela. Sim, eu sei, é uma coisa terrível, nós estamos muito abalados. É por isso, e eu sei que a senhora vai me entender, que eu preciso encontrar com urgência uma solução mais adequada pra sua mãe. Eu consegui um leito paliativo geriátrico pra ela, só preciso da sua assinatura.

Terminei minha tradução tentando me concentrar o máximo que eu podia e depois fui de táxi para *Les Éoliades*.

Ao chegar no andar da minha mãe, encontrei as colegas de Khadidja num estado lamentável. Oficialmente, ela teria sofrido um ataque cardíaco quando um grupo de ladrões a seguia dentro do seu prédio para agredi-la e roubar sua bolsa. Mas eu suspeitava de algo completamente diferente. Os responsáveis pela morte dela deviam ser os outros donos da droga transportada pelo filho dela — aqueles homens do bled por quem ela tinha me confidenciado estar sendo seguida. Ou seria simplesmente por rumores de dentro da cadeia que todos os traficantes da Île-de-France ficaram sabendo que um certo Benabdelaziz e sua quadrilha de Vitry tinham caído sem o seu enorme carregamento de alta qualidade? De um jeito ou de outro, uns caras tinham ido dar uma boa prensa na pobre Khadidja para fazê-la dizer onde Afid tinha escondido a droga, e o coração dela não resistiu.

Então era isso, eu estava com os dois pés dentro do negócio. O pátio interno que meu pai escondia de nós; ali onde ficam as latas de lixo. Aquele momento em que ele voltava das suas viagens com as mandíbulas cerradas e nós entendíamos que era de bom tom ficar de bico calado.

Fora de controle, privada dos remédios que Khadidja sorrateiramente lhe administrava, minha mãe berrava ainda mais alto e se debatia na cama como se estivesse se afogando. A visão dos seus cabelos sujos e desgrenhados, do seu rosto metade paralisado, retorcido por caretas dementes, estava acima das minhas forças.

Ao vê-la assim, entrei em stand-by, e o único pensamento que me veio à mente naquele instante, olhando para os tufos grisalhos que se erigiam selvagens sobre sua cabeça, foi que eu nunca tinha visto ela antes da hospitalização com um único fio de cabelo branco. Eu não sabia nem que sua cor natural era o castanho, já que só conhecia fotos em preto e branco da juventude dela.

Assinei os papéis que a diretora me entregou e, da mesma forma que nos livramos apressadamente de um animal grande e fedido, ela chamou a ambulância para que a levassem o mais rápido possível para a última casa do jogo de tabuleiro da decadência humana: o centro de cuidados paliativos.

Ela pediu, com uma voz seca e fina que já não podia ser atenuada por nenhum vínculo comercial comigo, que eu recolhesse do quarto todos os pertences da minha mãe, a fim de que ele fosse preparado para receber um novo morador no dia seguinte. Pediu, principalmente, que eu fizesse isso rápido. Cortador de unhas, escova de cabelo, creme hidratante, almofada, cachecol, tip top... Era tudo o que restava da vida material da minha mãe. Joguei tudo de qualquer jeito numa caixa de papelão, com a forte impressão de já ter vivido aquela cena abominável diversas vezes na minha vida.

Quando saí do quarto dela, as camareiras já estavam trabalhando.

A única coisa que eu guardei dessa operação de escamotagem foi um fox terrier de pelúcia, um brinquedinho branco, marrom e preto em tamanho natural que tinha me custado os olhos da cara e que serviu como um objeto transicional nas suas mãos de cega ao encarnar Schnookie, o cachorro da sua juventude. O resto, eu deixei ali mesmo. Depois voltei para a 2ª DPJ para terminar meu trabalho.

Schnookie foi um dos cachorros dela, que se afogou em 1938, quando ela e a família estavam atravessando o Danúbio num bote para fugir dos alemães. O fox entrou em pânico e pulou para fora do bote e a correnteza o levou diante do olhar impotente da minha mãe. *Foi a única vez na minha vida que eu chorei*, ela acrescentava, com a voz trêmula, para sua plateia. Nem preciso dizer que, sempre que ela dava um showzinho desses, eu ficava querendo esganá-la.

Fui de ônibus com meu fox de pelúcia de pé no assento ao lado do meu. Não estava me sentindo muito bem. O espetáculo de uma mulher de cabelos brancos em estado de choque com um bicho de pelúcia devia estar sendo um tanto pitoresco, já que duas pessoas resolveram discretamente me fotografar para postar nas redes sociais. Prefiro nem saber qual foi a legenda!

Assim que cheguei no trabalho, me acomodei na salinha de descanso com as paredes cobertas de cartazes de filmes policiais ruins e me servi de café enquanto esperava ser requisitada de novo. Eu estava com dor de cabeça, ou, mais precisamente, meu cérebro retinia com uma espécie de zunido surdo, como o barulho de um liquidificador abafado por um cobertor. Era insuportável. A certa altura, cheguei a pensar que um vaso fosse estourar no meu cérebro, como no do meu marido.

Até então eu tinha chorado pela minha impotência, pelas minhas imersões forçadas naquele asilo abominável, pelo espetáculo terrivelmente deprimente que minha mãe me infligia. Mas lá, ao vê-la desvairada, metida num tip top a ponto de nem saber mais quem ela era, eu estava tocando no fundo do poço da condição humana. E era impressionante como era fundo aquele poço.

Assustador.

Iriam me encontrar, com um copo de café na mão, naquela salinha de descanso da 2ª DPJ, um fio de sangue escorrendo pela orelha. Quanta energia a gente gasta para seguir vivendo, puxa vida. E minhas filhas iriam fazer exatamente o mesmo comentário quando encontrassem meu cadáver agarrado a um copinho plástico naquele cenário ridículo com cartazes de filmes à base de testosterona. Como tudo aquilo era deprimente.

Em determinado momento, latidos estrondosos me deixaram assustada: Platoon e Laser, os dois cães farejadores da unidade canina, estavam enlouquecidos com o bicho de pelúcia empoleirado sobre a máquina de café, que eles conseguiam enxergar através da porta entreaberta.

Saí para mostrá-lo para eles, a fim de acalmá-los. Eles me reconheceram imediatamente e fizeram uma festa e tanto, o que me trouxe de volta à superfície.

— Eles gostam de você, hein? — disse o agente da unidade canina, um rapaz de óculos na casa dos trinta anos, simpaticíssimo.

— Eu adoro cachorro, mas o meu apartamento é muito pequeno pra ter um.

— O que um cachorro precisa é estar com o dono, ele não tá nem aí pro tamanho do apartamento. Daqui a pouco tempo o Laser vai estar em busca de um novo dono. Posso deixar reservado, se você quiser, parece que vocês dois se entenderam bem.

— Mas ele não é seu?

— Não, os cachorros pertencem à unidade, mas, quando fazem nove anos, se aposentam.

— E fazem o que com eles daí?

— Se ninguém adotar, eles são sacrificados.

De repente, com meu fox de pelúcia debaixo do braço, tive uma iluminação. Uma epifania em forma de cachorro!

— Eu fico com ele agora mesmo!

— Como eu falei, ele ainda tem um ano de trabalho pela frente, mas, se você quiser fazer uma boa ação, tem um abrigo especial pros cachorros da polícia. Você encontra na internet, no site da unidade.

— E dá pra escolher... a especialidade deles?

— O histórico deles está indicado junto com a foto. Se você tem filhos, por exemplo, nunca vão te dar um cachorro de patrulha, por causa da mordida dele.

— E todos são grandões como o Laser ou tem menores?

— Em geral, são pastores-belgas-malinois. Vou te mostrar, olha aqui.

E, com seu iPhone, ele ficou rolando fotos de cães enjaulados prontos para serem sacrificados.

As coisas já não andavam lá muito bem, mas aí, com todos aqueles pobres bichos encarando a lente com umas carinhas de súplica, a represa arrebentou. Eu não conseguia mais parar de chorar. Eu praticamente uivava.

— Eu sinto muito — disse o policial, completamente constrangido.

— Não, não, vamos continuar olhando — eu disse, choramingando. — Só estou um pouco sensível agora. Quero ver os cães farejadores de drogas como o Laser. São os mais carinhosos, tenho certeza!

— Olha este aqui, o Centauro... Detecção de explosivos.

— Não, não, drogas! — eu insisti entre dois soluços. Eu parecia uma doida.

— Tem o DNA, mas ele é feio pra caramba! Parece um canguru. DNA, *9 anos, detecção de drogas e dinheiro...*

É verdade que ele tinha um físico complicado, com aquela pelagem malhada preta e branca, aquelas orelhas em forma de guidom de bicicleta e aquelas patas longas demais para um corpo de salsicha. Uma cruza total de malinois com galgo e mais alguma raça impossível de definir.

Mas o DNA estava sorrindo na foto, com um sorriso entusiasmado, cheio de confiança no seu futuro dono.

— Liga pra eles, por favor, vai que já tenham matado ele, ou que isso vá acontecer hoje à noite!

— Tem certeza?

— Sim, sim, eu quero adotar esse cachorro sorridente. Liga pra eles agora! Diz que eu vou estar lá pra buscar o DNA antes de fecharem.

O coitado do homem deu um passo para trás, apavorado com minha cara de louca.

— É o seguinte: a minha mãe vai morrer nos próximos dias. Colocaram ela num setor de cuidados paliativos há duas horas pra uma sedação profunda. Acho que isso significa alguma coisa pra você, que gosta de bichos. Eu já levei dois pra sacrificar, então sei bem o que é. Eles ficam te olhando quando são postos pra dormir, lutando pra manter os olhos abertos. Sabe por que eles fazem isso? Pra levar com eles uma imagem sua, porque eles te adoram e sabem que não vão mais ver você. Porque os cachorros, sabe, eles não acreditam em Deus. Os cachorros são inteligentes, não são como as pessoas. A minha mãe não vai ter nem a sorte de um cachorro. Vão deixar ela morrer de fome, de maneira natural, como se diz neste país atrasado, e eu não vou segurar a mão dela porque é simplesmente horrível. Então eu preciso adotar o DNA hoje à noite, porque senão ele também vai morrer, e isso já é demais. Liga pra eles, por favor.

E ele ligou.

Fomos juntos até lá e, naquele entardecer do dia 23 de julho, o DNA estava na minha casa.

Eu gostava de tudo nele: a pelagem arlequim, a desproporção das suas formas, que só era comparável à minha, os latidos barulhentos, que finalmente conseguiam abafar a gritaria dos meus vizinhos, e o fato dele ter instantaneamente decidido ficar grudado nas minhas pernas onde quer que eu fosse, como uma sombra em forma de cachorro.

E assim minha mãe desapareceu completamente da minha cabeça.

No momento em que o DNA pôs os pés na minha casa, eu não parei mais de falar com ele, de tanta coisa que eu tinha para contar; é que assunto para conversar com um cachorro, quando não se tem ninguém com quem realmente conversar há vinte e cinco anos, é o que não falta.

Além disso, nós tínhamos um trabalho urgentíssimo pela frente:

— Vamos dar uma olhadinha no Google Earth pra ver onde esse marroquino imbecil pode ter escondido a carga, vamos, vamos, sim...

Ele me observava atentamente com seu olhar úmido. *Au*, ele concordou.

Saída 12 da rodovia A10, Janville-Allaine.

Fiquei três horas clicando no Street View, no qual eu tinha grandes habilidades, já que não saía de férias quase nunca, a não ser sentada na minha escrivaninha diante do computador.

Comecei pelo lado direito da autoestrada, o que me parecia mais natural para quem vinha do sul.

Fiquei imaginando Afid em pânico, à procura de um lugar para descarregar, tendo em mente que ele não tinha nem tempo, nem uma pá para cavar um buraco e que ele estava procurando um lugar protegido da chuva, sem saber quando alguém ia poder buscar sua carga preciosa. Em cada cruzamento eu girava a flecha em 360°, como se estivesse olhando ao meu redor, e não encontrava absolutamente nenhum lugar onde desse para enfiar discretamente uma quantidade significativa de droga.

Primeiro estávamos em Beauce, e Beauce é plana como uma tábua. É tão plana que um simples sujeito em pé pode ser visto a mil léguas de distância. Perto das casas era impossível, sabendo que o barulho de caminhão, nesses lugares entediantes pra cacete, é mais do que suficiente para fazer as pessoas irem até a janela. Num círculo de cinco quilômetros havia apenas campos a perder de vista, fazendas ocupadas ou vilarejos. Não encontrei nada, exceto um depósito de materiais de construção totalmente cercado na estrada Departamental D1183, um galpão alto com medidores de energia elétrica e uma pequena área arborizada. Na D118, outras areazinhas arborizadas ao abrigo dos olhares. Não havia mais nada. Mesmo que ele tivesse ido muito mais longe, ele teria voltado, porque não teria encontrado nada além do que eu encontrei. Fora esses pontos, tudo era campo aberto.

No dia seguinte, debaixo de um calor escaldante, nós nos lançamos, meu cão e eu, numa expedição in real life excessivamente otimista.

Começamos pelo depósito, no qual chegamos pelos fundos, por uma estradinha vicinal. Era uma espécie de pedreira. O tipo de cena de crime em que você espera encontrar uma mulher deitada de bruços, com a saia levantada e o rosto afundado numa poça d'água. Soltei o DNA, que, além de correr atrás de um coelho, só ficou colado em mim abanando o rabo. Também exploramos até bem tarde todas as áreas arborizadas nas proximidades, grupos de umas cem árvores aglomeradas em torno de córregos estreitos e lamacentos.

Ao ver meus belos sapatos de camurça cinza afundarem com um barulho de sucção naquele terreno esponjoso, comecei a ter minhas dúvidas. Quando caí no chão por ter enganchado o pé numa raiz, comecei a amaldiçoar o mundo inteiro.

Eu já tinha perdido quatro dias desde a morte de Khadidja; as chances de dar de cara com a polícia ou com uma quadrilha de traficantes aumentavam de hora em hora.

Que porra eu estava fazendo ali? E se meu cachorro estivesse com defeito? E se Afid fosse ainda mais burro do que eu achava e tivesse jogado a droga numa vala ao deus-dará?

Pensando agora, acho que eu devia estar absurdamente desesperada para acreditar num plano desses; mais ou menos como uma doida que cogitasse escapar dos oficiais de justiça jogando na loteria.

Mas pude ao menos me livrar de uma das minhas incertezas a um custo mais baixo: a situação do faro do meu cachorro.

Antes de voltar para casa, aí pelas das duas da manhã, passamos para fazer xixi na Rue des Envierges, no 20º Arrondissement, conhecida por ser um mercado de maconha a céu aberto. Assim que eu abri a porta do carro, o DNA saiu correndo feito uma flecha e foi enfiar a fuça bem no meio das pernas de um traficante negro que, apavorado, subiu no capô de um carro. Dei um assobio. O cachorro imediatamente voltou para junto de mim e nós fomos embora. Nesse quesito, portanto, nenhum problema.

Depois de algumas horas de sono, voltei para Beauce tentando uma abordagem diferente para minha busca. Saí com pressa da rodovia, imitando o pânico de Afid, entrando em todo cruzamento onde desse para ver de longe alguma possibilidade de esconder a droga. Fiz quatro tentativas assim, soltando o cachorro cada vez que um lugar me inspirava. A certa altura, chegamos a uma estrada que liga os municípios de Janville e Allainville, uma estradinha vicinal que atravessa um campo cheio de enormes turbinas eólicas e corre paralela à A10. Ao longe, vi uma pequena área industrial com canos empilhados, grandes montes de cascalho e barris. Entendi, olhando no meu iPhone, por que eu não tinha notado antes aquele espaço no Google Earth: é que o lugar onde eu estava tinha sido encoberto por uma nuvenzinha no momento da captura da imagem pelo satélite.

O DNA saiu do carro latindo feito louco e começou a indicar os barris e o monte de cascalho. Reparei imediatamente que as plantas no entorno daquela área estavam murchando, como se tivessem jogado veneno nelas ao esvaziar o conteúdo dos tonéis. Fazendo uma alavanca com o cabo da minha escova de cabelo, consegui abrir a tampa de um dos barris e... o haxixe estava ali, ali dentro, na forma das chamadas "malas marroquinas", enormes tijolos de haxixe embalados em lona plástica com uma alça. Elas pesam vinte quilos e detonam com os seus braços.

O primeiro tonel que abri tinha duas delas. Fui batendo nos outros com um pedaço de pau e constatei que todos estavam cheios. Mas também tinha haxixe em pacotes de um quilo escondidos debaixo do monte de cascalho...

Tive subitamente a dimensão da minha falta de noção. Havia, à primeira vista, ao pé daquela turbina eólica, muitos milhões de euros de canábis. Os Benabdelaziz, todos eles sem exceção, estavam correndo o risco de serem torturados até a morte para que fossem produzidos lindos vídeos destinados a Afid, a fim de fazê-lo dizer onde tinha escondido a droga. A polícia devia estar mantendo em isolamento ele e o motorista para tentar chegar ali primeiro, caso contrário já haveria fila naquele cafundó de Beauce.

E pensar que por um momento eu tinha tido medo de que a irmã dele pudesse mexer nos arquivos de *Les Éoliades* para descobrir meus dados pessoais... Francamente, eu não tinha nenhuma razão para estar preocupada; se ela tivesse o mínimo de instinto de sobrevivência, ela devia estar, desde a morte da mãe dela, enfiada num buraco nos confins do bled. O único a saber que eu talvez pudesse saber onde procurar era o próprio Afid, mas ele estava na cadeia.

Comecei a entrar em pânico enquanto levava para o porta-malas do meu carro tudo o que conseguia, a saber, três malas marroquinas e dois sacolões da Ikea cheios até a borda de tijolos de haxixe.

Quando cheguei na autoestrada, relaxei. Até me peguei cantando a plenos pulmões: *Eu sou um Go Fast de uma mulher só* no ritmo de *Bande de jeunes*, de Renaud, sem me dar conta de que eu estava totalmente chapada. Os tijolos de haxixe fediam tanto, apesar do celofane que os envolvia, que, quando cheguei em Paris, era como se eu tivesse fumado dez baseados. Meu pobre DNA também estava num estado esquisito, dormindo de costas e babando litros com o cheiro de canábis que se insinuava no seu sono e atiçava seu faro.

Estacionei o carro na minha vaga e levei com toda pressa do mundo a canábis para casa, ou seja, mais de cem quilos, depois aluguei uma van e voltei imediatamente para buscar o resto.

Eu agradecia aos céus por minhas filhas terem viajado para o exterior. Também agradecia aos meus vizinhos chineses, que, como resultado de obras caríssimas votadas pelo condomínio — eu tinha sido contra, sabendo perfeitamente bem que era só para constar, já que a família Fò tinha comprado todo o prédio —, tinham transformado o porão numa caixa-forte. Eles também circulavam dos seus depósitos para os apartamentos com sacolões enormes de plástico, metidos em não sei que tipos de falcatrua. Por fim, e pela primeira vez, eu era grata à minha constituição camponesa. Dando passinhos apressados com uma sacola de vinte quilos de cada lado, eu sentia no meu corpo gerações de mulheres incansáveis arrastando pirralhos e couves-nabo através dos shtetl.

No local da turbina eólica, tive o cuidado de recolocar tudo no devido lugar e de apagar os vestígios da minha passagem. Pois bem, acreditem ou não: quando eu estava saindo da estrada, entrando à direita na departamental, vi surgir, de uma nuvem de poeira, em sentido contrário, um comboio 4x4. Meu coração parou de bater por ao menos três quilômetros, até que eu chegasse sã e salva na rodovia.

Se eu tivesse pego aquele caminho nem bem três minutos depois, eu teria morrido sem que ninguém fosse capaz de entender que diabos meu cadáver fazia por lá. A presença do meu corpo num campo em plena Beauce teria sido tão inexplicável quanto a daquele mítico mergulhador lançado por um Canadair em cima de um incêndio florestal.

Como meu depósito no porão estava completamente atulhado com os móveis que pertenceram aos meus pais, me vi obrigada a guardar todo o haxixe no meu apartamento e, por conta disso não dava mais para dar nem um passo sem tropeçar em algo. Também não dava mais para respirar, com o inconfundível cheiro gorduroso de resina tomando conta de todo o espaço.

Fechei as janelas e vedei a fresta inferior da porta da frente com o meu veda-porta para bloqueio de corrente de ar, mas, mesmo assim, o cheiro continuou a vazar para a escadaria, entrando numa luta fratricida com o do molho vietnamita dos meus vizinhos. Por isso eu tive que sair de novo para comprar mais ou menos cinquenta recipientes herméticos para acondicionar meu butim. Tudo isso sem ter dormido nas últimas quarenta e oito horas e com as costas detonadas.

Para terminar, chamei dois ciganos com seu caminhãozinho caindo aos pedaços para esvaziar o depósito de quinquilharia medieval dos meus pais que ainda me restava.

Enquanto eles carregavam o caminhão com maravilhas como o famoso elmo convertido em luminária, além de uma série de tapeçarias representando o cerco de Orléans e de alguns móveis estilo Inquisição Espanhola, com uma cara de não estarem acreditando na beleza de tudo aquilo, eu discretamente guardei a Magnum .357 de cano curto do meu pai.

Eu tinha planejado me livrar desse revólver porque, além do fato de achar as armas terrivelmente feias, ele tinha matado pessoas cujos cadáveres tinham sido enterrados no terreno da Propriedade. Eu pensava que se, algum dia, encontrassem aquelas ossadas, inevitavelmente chegariam até mim, e se, além disso, encontrassem a arma que tinha sido usada para trucidar todas aquelas pessoas, eu teria que dar exaustivas explicações. Mas se livrar de uma arma é o tipo de tarefa que a gente sempre vai deixando para o dia seguinte sem nunca levar a cabo.

Pois naquele dia em que esvaziei meu depósito para guardar haxixe finalmente decidi ficar com ela.

Sentindo o peso e o frio do metal nas minhas mãos, reparei que a gente nunca consegue lembrar do que pensava quando criança sobre os acontecimentos que testemunhou; mal e mal dá para imaginá-los como se fossem ficção ou histórias que aconteceram com uma outra pessoa.

Uma imagem me vem à mente com frequência: a do meu pai, de pé, parado por longos minutos no meio do gramado. Um olhar desavisado teria dito que ele estava admirando seu jardim. Suas rosas grandes como couves-flores que nem eu nem minha mãe tínhamos o direito de colher. Suas íris de todas as gamas de cor. Sua glicínia que escalava pelo banco, seus buxinhos redondos, seus teixos piramidais... Mas não era nada disso que ele ficava contemplando, e sim um ponto situado muito mais atrás no tempo e no espaço, no vale do Medjerda, onde ele cresceu.

Ter sido arrancado das raízes sem ter lutado por sua fazenda tunisiana o havia deixado completamente pirado.

No centro do terreno, debaixo de um salgueiro-chorão, ele tinha colocado a reprodução de uma alegoria de Émile Boisseau: *La défense du foyer*. Para os que não conhecem, trata-se de uma escultura pompier datada de 1887, exposta no Square d'Ajaccio, no 7º Arrondissement de Paris. Foi reproduzida em série em diversos tipos de metais, incluindo a versão barata em zinco e antimônio que se encontrava na nossa casa.

Nenhuma outra obra expressava tão bem a imagem mental que ele tinha de si mesmo. Como o valoroso gaulês vestido com uma simples pele de animal protegia a esposa e o bebê com seu gládio quebrado — *Perit sed in armis*: ele morreria para defender sua família e A Propriedade com as armas à mão.

Quando a noite caía, a iluminação pública produzida por enormes postes plantados à beira da autoestrada dava ao jardim um aspecto de cenário de filme expressionista, sobretudo quando, entre as sombras animadas das árvores mais altas, esgueirava-se a silhueta comprida de um ladrão. Vi em duas ocasiões escalarem o muro, darem a volta na casa e, depois de constatarem que o lugar não só estava ocupado como também era inexpugnável, irem embora por onde tinham vindo.

Mas certa vez, no meio de uma noite, um deles foi longe demais ao roubar *La défense du foyer* depois de tê-la arrancado grosseiramente da sua base a golpes de cinzel.

A ferida narcísica do meu pai foi tamanha que, no dia seguinte, ele comprou de um capanga de um dos amigos dele essa tal Magnum .357, acompanhada de um silenciador para poder atirar neles sem nos acordar. Ele matou o primeiro quando eu tinha oito anos e enterrou no fundo do jardim — bem onde, no outono, queimávamos as folhas mortas. Eu cheguei a fazer duas ou três perguntas no tal dia em que vi ele atravessar o gramado a passos largos com um corpo transbordando de um carrinho de mão. Ele respondeu que se aqueles caras não queriam levar bala, era só não entrarem na Propriedade depois que caía a noite, porque a lei estava do lado dele; aquilo se chamava legítima defesa. Além do mais, todos os colonos que moram em casas cercadas por muros fazem o mesmo.

Não tenho ideia de quantos ele matou ao todo, pois geralmente tudo era feito à noite numa época quando eu não prestava muita atenção nas coisas, mas sei que tem uma verdadeira vala comum por lá, na cova das folhas. Foi o coitado do nosso mordomo que recebeu o encargo de enterrar os corpos. Ele me contou isso no dia em que me pediu para acompanhá-lo na farmácia para comprar uma cinta para a lombar. E meu pai deve ter emprestado sua cova para outros ou tê-la usado também para atividades particulares da Mondiale, porque, quando esvaziei a casa depois da morte dele, encontrei umas vinte carteiras de identidade dentro de uma caixa de sapatos. Apenas homens entre vinte e quarenta anos. Coloquei todas num envelope endereçado à delegacia mais próxima sem que isso tivesse nenhuma consequência, nem mesmo uma notinha nos jornais.

A Propriedade, na época em que meus pais moraram lá, foi como um molusco gigante cuja concha se fechava de tempos em tempos sobre um peixe anônimo no silêncio do mar.

Quando meu pai morreu, minha mãe se apressou a vendê-la junto com tudo o que tinha dentro por uma ninharia para um sujeito tão arrogante quanto estúpido. Um déspota que via ali a oportunidade de consolidar sua tirania sobre a própria família, confinada atrás dos muros e isolada pelo barulho da rodovia. Ao assinar o compromisso de compra e venda, ele nos confidenciou ter ficado empolgado com o lugar, enquanto lançava um olhar licencioso sobre suas três filhas. Reforços de alto nível — senti isso desde o primeiro instante em que as vi — para o *povo da estrada*.

Olhei por cima do muro não faz muito tempo, subindo no capô do meu carro, e a necrópole foi toda coberta de plantas. Mas se sobrevoássemos o jardim em baixa altitude, logo perceberíamos que elas são anormalmente verdes, de um verde que denuncia uma terra intumescida pelo fosfato.

A última vez que eu vi a Magnum .357 em ação eu devia ter uns quinze anos.

Além da estrada da morte, A Propriedade era rodeada por áreas de caçadas presidenciais, das quais estava separada apenas por uma cerca de tela. Quando a França, na tentativa de afirmar sua identidade colhuda, enviava seus ministros e seus convidados para massacrar animais inocentes, estes vinham se refugiar no nosso pátio assim que o primeiro tiro era disparado. Então a grama ficava pontilhada com uns cinquenta faisões e perdizes; enormes aves superalimentadas debochando dos caçadores dali do nosso gramado verde. Os ajudantes bem que tentavam ir buscá-las, mas toda vez que eles pediam para entrar no nosso pátio, recebiam a mesma enfática negativa de acesso da parte do meu pai.

Mas, num domingo, por ocasião da visita de um potentado africano, o caso acabou se transformando em tragédia.

Para divertir a Françáfrica, tinham levado um caminhão militar de Chambord cheio de umas pobres corças para soltá-las pela floresta. Uma delas conseguiu escapulir dos caçadores e pulou a cerca para se refugiar na nossa varanda. Os ajudantes, dessa vez, não tocaram educadamente a campainha, mas invadiram A Propriedade cortando a referida cerca, seguidos pelo potentado e sua corte, todos usando, como os personagens daquela pintura do século 19 intitulada *Le Roi Maximilien II de Bavière au retour de la chasse*, chapéus adornados com uma pluma de faisão.

Meu pai saiu feito uma fera com a Magnum na mão, mas, vendo que não podia atirar em ninguém, apontou para a cabeça da corça e a explodiu à queima-roupa, fazendo respingar sangue no elegante traje de tweed do rei negro.

A Françáfrica saiu da Propriedade bastante frustrada; meu pai tinha estragado o dia dela.

Eu sabia como usar essa arma porque meu pai, como o bom colono que era, tinha me ensinado a manejá-la na mesma idade em que ele tinha aprendido, ou seja, aos dez anos de idade. Eu ainda me lembrava do coice que quase arrancava meu ombro enquanto ele me obrigava a atirar de novo e de novo, até que eu conseguisse amortecer o golpe com o corpo. Assim, quando meus pais saíam para jantar, e como nenhuma babá se igualava a uma Magnum .357, eles podiam me deixar sozinha entre a autoestrada e a floresta com o revólver em cima da minha mesa de cabeceira sem se preocupar minimamente se eu estava com medo ou não.

Essa velha companheira ia retomar o seu lugar ao meu lado, por via das dúvidas.

Levei dois dias e uma noite para transportar a droga das turbinas eólicas até minha casa.

Entendi por que Khadidja tinha falado sobre peixinhos com o filho quando estava com ele ao telefone, uma vez que a marca registrada dos Benabdelaziz eram dois peixes colocados em sentido contrário, formando um yin-yang, gravados na resina deles. Mas isso era só para os tijolos soltos que eu tinha encontrado no monte de cascalho. O resto, ou seja, as malas marroquinas, pertencia às outras famílias das quais ela tinha me falado. Outras *artes*, como eles chamam, eram gravadas a quente nos tijolos. Um terço dos blocos estava marcado com o logotipo da Audi, os quatro círculos entrelaçados, outros com o número dez, que eu supunha ter a ver com a camiseta de algum jogador de futebol famoso, e outros ainda com um símbolo bizarro, tipo um pentágono.

Antes de fechar a porta do meu depósito, dei um passo para trás para admirar aquela organização: tinha uma tonelada e duzentos quilos de canábis ali dentro. Mil e duzentos quilos da top a cinco mil euros o quilo. Eu nem me atrevia a fazer a conta, de tão impressionada que estava com a minha ousadia. Eu tinha carregado uma tonelada e tanto nas costas. Cinquenta e duas malas marroquinas de vinte quilos cada, duas por recipiente hermético, que eu ia enchendo à medida que empilhava, além de cento e sessenta blocos soltos de um quilo. Eu tinha pensado até na escadinha dobrável.

Extenuada, dei um pulo na unidade de terapia intensiva geriátrica do hospital para ver como estavam as coisas com a minha mãe.

No corredor que levava até o quarto dela, cruzei com as inevitáveis famílias acampadas sob as luzes de neon, com garrafas térmicas, cobertores e Candy Crush, que não podem fazer nada para ajudar mas que estão ali porque... Enfim, porque têm que estar ali, não é mesmo? Principalmente para não perder o último suspiro do Ancião.

A diretora da unidade, uma mulher tão meticulosa quanto antipática, sósia perfeita da enfermeira Ratched, de *Um estranho no ninho*, me recebeu dando explicações de como os próximos dias seriam.

— A sua mãezinha não está em fase terminal...

— Bom, aí eu acho que a senhora está enganada! Já faz um bom tempo que ela está em fase terminal, que está sofrendo e que estão entupindo ela de calmantes — retruquei, amarga.

— Ela já voltou a deglutir, então, tirando a degeneração macular, ela não tem nenhuma doença. Ela não tem nenhuma escara, e os exames de sangue dela são de uma menina...

— Ela não tem nem cérebro mais, muito menos perspectivas. E ela sente dores horríveis nas costas por estar deitada o tempo todo!

— Nós fizemos uma nova tomografia e o sangue que tinha se espalhado no hemisfério esquerdo está sendo reabsorvido. Acho que vai ser possível trazê-la de volta lentamente para a sua condição anterior.

— Anterior a quê? Isso é ridículo! Ela está com dor, a senhora está me ouvindo? Já faz dois anos e meio que ela está sofrendo feito um bicho. A diretora da clínica tinha me garantido que ela ia ser colocada em sedação profunda aqui.

— Veja bem, a sua mãezinha...

— Pelo amor de Deus, para de dizer *mãezinha*, como se eu fosse uma criança de sete anos. Eu não aguento mais! Todo mundo me fala da *minha mãezinha* desde que começou este pesadelo... Eu queria que algum dia me explicassem essa prática hospitalar estúpida. Se vocês todas dizem isso é porque devem ter aprendido na faculdade, certo? Infantilizar as pessoas pra que elas não asfixiem a *mãezinha* com uma almofada.

Eu estava totalmente revoltada com aquela alcoviteira da morte, mesmo sabendo que minha indignação iria dar de cara contra um muro. E, de fato, ela seguiu exatamente no mesmo tom:

— Sua mãezinha estava com problemas de deglutição há dois dias, agora ela não está mais! Se isso tivesse continuado, a questão que surgiria seria a de colocar uma sonda gástrica. A alimentação artificial é um tratamento, e a lei autoriza a interrupção dos tratamentos. Sua mãezinha voltou a comer sem problemas, o que significa que ela decidiu não morrer.

— Nós não temos o direito de deixar pessoas degradadas a esse ponto continuarem vivendo! Ela está completamente delirante, cega, presa numa cama e agora, desde o último ataque, ela vive, e quando eu digo vive estou medindo as minhas palavras, ela vive aterrorizada vinte e quatro horas por dia.

— A sua mãezinha é uma sobrevivente dos campos...
— E daí?
— A ética médica nos orienta a considerar tanto quanto for possível a vontade dos pacientes, mesmo que eles não estejam em condições de comunicar expressamente. Eu acho que, quando alguém sobrevive a uma provação desse tipo, desistir de viver parece fora de cogitação. Eu, pessoalmente, teria optado pela sonda gástrica.

— A senhora teria optado, essa é boa... E o que a senhora sabe sobre o que ela pensa? A senhora faz parte daquelas bobajadas de crentes tipo Fraternidade São Pio X, é isso? Porra, isso tinha que acontecer justo comigo!

Ela fez um gesto com as mãos para indicar que a discussão tinha terminado.

— Nós vamos deixá-la alguns dias em observação, para que ela retome certa qualidade de vida, e se ela continuar se alimentando como está agora, vai voltar para a clínica.

Fiquei sem palavras.

Ela acrescentou, num tom monocórdio e glacial:

— Nós não estamos aqui para ficar dando injeção letal nas pessoas, minha senhora. Se tem alguém sofrendo aqui é você.

Quanto a esse último ponto, ela estava certa.

Voltei para casa, fui para a cama e dormi por vinte horas.

Dois dias depois, folheando o Le Parisien com um croissant e um café no bar da esquina, li uma notícia que me deixou ao mesmo tempo triste e aliviada: um detento de nome Afid B. tinha sido degolado, na véspera, na cadeia de Villepinte.

E pensar que a maioria das mulheres passa a vida tentando se livrar do exemplo da sua mãe... Temos que reconhecer que eu estava fazendo exatamente o contrário. Eu estava inclusive indo muito mais longe, me moldando à imagem que a minha tinha da mulher ideal: a judia intrépida.

4
CAMALEÃO QUE MUITO ARRISCA NADA PETISCA

Era fim de julho e o sol incendiava o céu. Os parisienses migravam para as praias, e, enquanto eu iniciava minha nova carreira, Philippe, meu namorado policial, assumia o posto de comandante da divisão de narcóticos da 2ª DPJ.

— Assim a gente vai se ver com mais frequência — ele tinha me dito, contente, ao me contar a novidade dois meses antes, no dia da sua nomeação.

Eu estava realmente muito feliz por ele, mas, naquela época, eu era apenas uma tradutora-intérprete judicial e ainda não tinha uma tonelada e tanto de haxixe no meu depósito.

Philippe.

Um homem então. Costas largas, musculoso, um pouco rechonchudo e com mãos grandes e bonitas. Rosto bonito e cabeleira espessa, o que é raro aos cinquenta e oito anos de idade. Do tipo que todo mundo fica querendo agradar, que pode ser medido pela generosidade, pelo número de amigos ou de afilhados, por tudo. Cujo peso social pode ser medido nas datas importantes, como aniversários ou festas de despedida. Cujo enterro promete um cemitério cheio de gente.

    Fisicamente, eu não saberia dizer se ele fazia meu tipo. De todo modo, ele não se parecia com o único homem que tinha importado de verdade para mim, a saber, meu marido — que tomavam por meu irmão mais velho de tanto que nos parecíamos. Na verdade, eu não tinha conhecido realmente a alteridade corporal antes de Philippe. Não estou dizendo que vivi como uma freira por vinte anos, mas minha vida sexual se limitava a encontros de uma noite e nada mais, sempre com advogados criminalistas, que são por natureza narcisistas, mentirosos, mulherengos e infiéis... E estou falando de uma época em que eles ainda me colocavam na categoria milf, mother I'd like to fuck. Porque, passados os quarenta, era o fim.

Foi o desejo de Philippe por mim que pesou na balança; um desejo forte e sincero que brilhava nos olhos dele quando ele olhava para mim e que teria deixado empolgada qualquer uma na menopausa...

    Eu gostava da companhia dele — quem, aliás, não gostaria? —, porque, além de ser a integridade em pessoa, ele era inteligente, culto e engraçado. Ao associar a minha vida à dele, eu pensava, naquela época, que talvez conseguisse absorver um pouco da sua consistência. Mas quando ele estava perto de mim, ou pior, sobre mim, eu tinha a impressão de estar sendo engolida, tanto no sentido literal quanto no figurado, sem realmente saber se eu estava gostando daquilo. Seja como for, ele era um amante atencioso, para quem eu poderia pedir qualquer coisa e que era capaz de me fazer gozar por horas, mas que, depois de estar ciente da minha completa satisfação, se aconchegava em mim para afundar o rosto no meu pescoço e então caía alegremente num sono tranquilo e agradecido. E aí, com aquele corpo de cavalo morto cortando a minha circulação e detonando minhas costas, aquela respiração profunda e quente se condensando na minha pele... Como é que eu posso dizer... Eu mal podia esperar que ele fosse embora. Uma vez, eu fiquei para dormir na casa dele e não consegui pregar o olho a noite toda. As cores da casa, o carpete, tudo. Eu sentia um gosto de gordura coagulada até ele apagar a luz. Se ele não tivesse a guarda do filho, acho que teria me convidado para morarmos juntos. E o que eu teria respondido? Principalmente porque, da parte dele, ele estava disposto a fazer qualquer concessão. Eu poderia dizer *Me desculpa, mas eu não gosto de ficar grudada em alguém quando estou dormindo* ou *Essa decoração me dá ânsia de vômito*, e ele teria concordado em mudar para me agradar, pois estava apaixonado. E não apenas como se pode estar apaixonado aos cinquenta e oito anos, com o pavor de envelhecer sozinho; não, ele me amava com ardor e delicadeza. E eu? De tempos em tempos, quando era tomada por uma daquelas ondas de tristeza que eu conhecia bem, era reconfortante sentir o calor do corpo dele, as batidas do seu coração. Como um bicho. Mas daí a ficar pensando nele quando ele não estava por perto, daí a ficar esperando por ele, daí a ficar pegando na mão sem mais nem menos, pelo mero prazer de encostar nele? Não!

Nós nos víamos quando nossos horários permitiam, com aquele gostinho de quero mais que não deixa tempo para se aprofundar na personalidade e nos defeitos de cada um. Porque defeitos eu tenho vários, mas ele tinha um enorme: ele acreditava em Deus. Philippe, a integridade em pessoa, um homem inteligente, culto e engraçado... acreditava em Deus! É que me parece tão inconcebível que alguém possa dar crédito a bobajadas desse tipo. Se ele tivesse me confidenciado que acreditava num destino humano governado por um prato de macarrão celestial, eu teria achado menos ridículo.

Um dia, quando eu acompanhava minhas filhas no Museu de História Natural, lembro de ter cruzado com um casal de turistas sauditas: uma mulher de niqab acompanhada do marido. Na época, havia muita conversa sobre criacionismo nos Estados Unidos e dava para ler besteiras como esta: os dinossauros morreram porque eram pesados demais para subir na arca de Noé.

Como sou tradutora de língua árabe e, portanto, esperam que eu saiba absolutamente tudo sobre os árabes e, portanto, sobre religião (é importante lembrar que, em árabe, nem uma única frase deixa de fazer referência a Alá), não pude evitar de me aproximar daquele curioso casal para me informar sobre a questão bicuda *Islã e os dinossauros*. Estava claro que o sujeito não tinha uma opinião formada sobre aquelas criaturas imensas. Ele se apresentou para mim como professor de teologia no Instituto da Sharia, em Riad. Depois de uma longa reflexão, enquanto mexia na barba, ele me disse, com um ar douto, que havia versículos no Corão que falavam da criação do universo em seis dias, mas que a duração dos dias não estava claramente especificada, já que o sol, as estrelas, tudo isso, não estavam realmente no lugar, então nada impedia de pensar em dias de vários milhões de anos. Por conta disso, a ambiguidade resultante deixava aberta a possibilidade de uma terra muito antiga com esse tipo de bicho grande em cima. Mas daí a dizer que o homem descendia de um macaco ou de uma bactéria, como sugeriam aqueles afrescos na entrada do museu: incrédulo! Para terminar, ele me convidou para fazer minha hégira, ou seja, deixar a França para ir viver um islã saudável numa terra santa onde aqueles disparates não eram ensinados.

Philippe pensava sobre a evolução mais ou menos como aquele homem saído direto da Idade Média e, no entanto, estava pronto para entrar em guerra contra ele em nome da civilização. Em resumo: se não é para considerar a crença em Deus como um tipo de transtorno mental, não me ocorre outra coisa...

Os primeiros clientes da minha nova vida me foram dados de bandeja pelo caso dos três marroquinos que eu estava acompanhando justamente na 2ª DPJ. Era a conjunção perfeita, o alinhamento dos astros: sujeitos estúpidos o bastante para não se perguntarem de onde eu vinha e que tinham uma necessidade urgente de mercadoria por conta de um *imprevisto de entrega*.

Nas minhas traduções, eu me esforço sempre para traduzir palavra por palavra. É minha marca registrada. Eu não perco nem uma migalha daquilo que ouço e, durante a retranscrição, procuro reconstruir o tom e o estilo das conversas para não estragar o prazer da leitura. Confesso que, a esse respeito, tenho uma fascinação vergonhosamente patrícia e perversa pela estupidez.

> *Comunicação nº 7235, datada de quinta-feira, 25 de julho. Esta comunicação foi recebida a partir do aparelho telefônico da pessoa sob vigilância, procedente da linha nº 2126456584539, cujo titular não foi identificado pelas autoridades marroquinas. O usuário dessa linha é Karim Moufti, pseudônimo Durex. Seu interlocutor é Akim Boualem, pseudônimo Sucrilhos.*
>
> *As palavras em língua árabe foram traduzidas pela Sra. Patience Portefeux, requisitada para este fim, a qual assina conosco o presente auto.*
>
> *DUREX: Não vem começar a me dizer essas palhaçadas tipo eu tô dentro, porque tu me meteu na mesma merda que tu. Coisa assim, mano, eu posso até aceitar de alguém que eu não conheço, mas não de ti. Toda noite eu vou na shisha e tu me diz: Fica tranquilo, tá tudo bem, fica tranquilo... E olha aí, meu irmão, agora eu tô com um bagulho que botaram na gasolina. Merda de camelo fedendo a gasolina, dá pra acender uma fogueira de tanto que fede. Nem de graça eles querem. Hamdullah, se tu conseguir pegar de volta a grana da tua parte, aí eu vou te dizer que bom pra ti, mas não vem me pedir pra pagar por um bagulho nessa condição... Pra mim, é lixo.*

> SUCRILHOS: *Eu vou arrancar a minha grana da mão daquele pau no cu. Não quero mais nada com esse filho da puta. Não quero mais nada, nem que ele chegue perto de mim. Não quero mais nem ouvir falar!*
>
> DUREX: *Ele enfiou um dedo bem grande no teu rabo e tu nunca mais vai ver nem a cor desse dinheiro. Não pode ficar com peninha agora! Ação e reação.*
>
> SUCRILHOS: *Eu tô puto. Não durmo. Não respiro. Não como. Ele sumiu com os meus cento e oitenta paus por metro dessa merda... Ele me fez de trouxa com a foto, pelo menos nisso a gente concorda, né?*
>
> DUREX: *Nisso a gente concorda, tudo bem, mas o problema, cara, é que tu é muito convencido. Fica tranquilo, tá tudo bem, tô cuidando de tudo... E olha aí, meu irmão, agora tu tá passando por bunda-mole. Mas eu tenho um compromisso e aquilo lá não tem como! Eu tô sem nada pra entregar e, pelo Corão, isso tá me fodendo! Sou eu que tô pagando o pato sozinho, e isso tá me estressando, mano.*

A chave do tráfico de drogas é a regularidade. É preciso garantir a qualquer custo o fornecimento do produto sem interrupção, pois o cliente é infiel e está sempre com pressa. Quando um traficante não consegue mais fornecer, em uma semana o valor da sua lista de números de telefone celular (fundo de comércio) despenca — estamos falando de milhares de euros. A escassez de mercadoria é a doença crônica do traficante, mais ou menos como na música: muitos intérpretes talentosos e poucas obras de qualidade. Para ter certeza de que você vai ter trabalho, o ideal é escrever, compor e cantar — plantar, transportar e vender.

Então é compreensível a impaciência do imbecil-mor apelidado de Durex, que não tem mais nada em estoque a não ser aquela canábis que ninguém quer, e além de tudo em pleno verão, quando todo mundo migra para as praias com alguma coisinha na bagagem para fumar.

A adversidade do seu fornecedor Sucrilhos, portanto, o deixa numa situação bastante complicada.

Este último aceitou uma entrega achando que ela fosse condizente com a amostra, só que um vazamento no carro do Go Fast contaminou toda a carga, deixando a mercadoria com gosto de gasolina. O desafortunado Sucrilhos adiantou cento e oitenta paus por metro, ou seja, cento e oitenta mil euros por cem quilos a fundo perdido porque seu *business partner* Durex recusa qualquer entrega que não corresponda à qualidade que ele tinha o direito de esperar.

Se levarmos em conta a margem do atacadista, bem como o preço, eu tinha deduzido que Durex tinha à sua disposição duzentos mil euros de liquidez e que a variedade oferecida por Sucrilhos devia ser um paquistanês de baixíssima qualidade.

Desci até a loja de telefonia que tinha embaixo da minha casa e comprei um cartão pré-pago para entrar em contato com o famoso Durex por SMS, esperando que aquele panaca soubesse ler em árabe:

Devido a chegada recente vendo ½ metro da top por 250. Ver foto.

(50 kg de haxixe de alta qualidade por 250.000 euros, ver amostra.)

No dia seguinte, a 2ª DPJ me enviava, entre outras traduções a fazer, meu próprio SMS, bem como a resposta e a continuação da nossa conversa.

Que sensação estranha essa de se deparar com as próprias palavras; é como estar numa sacada, observando-se caminhar pela rua, e caminhar pela rua ao mesmo tempo.

> *Devido a chegada recente vendo ½ metro da top por 250. Ver foto*, era o que eu tinha escrito dois dias antes.
>
> *Ok*, ele tinha respondido em seguida.
>
> Então eu imediatamente acrescentei:
>
> *Encontro Quick de Fleury, hoje, 17h. Com foto.*

Não escolhi o Quick Halal de Fleury como um ponto de negócio por acaso. Situado no cruzamento entre a estrada departamental que vai para Paris e a Rue des Peupliers, que passa em frente à maior casa de detenção da Europa, esse pequeno fast food é o restaurante em que tudo é possível. Ali ficam lado a lado as famílias dos detentos, seus amigos traficantes e os muçulmanos pés-rapados que trabalham no presídio. Eu ia comer ali na época em que traduzia comissões disciplinares da casa de detenção e me lembro de ter ficado chocada com o lado ninho de serpentes do lugar: era feio, sujo e, ao mesmo tempo, extremamente eficiente.

Antes de ir para minha reunião de trabalho, eu obviamente precisava mudar de look e, acima de tudo, esconder o meu inconfundível cabelo branco.

Me diverti bastante me travestindo. Optei por um traje de norte-africana chique: óculos Chanel falsos com hastes pretas e douradas, hijab com estampa de leopardo, lápis khôl nos olhos e um conjuntinho de calça e túnica longa, pulseiras douradas (muitas) e relógio de strass, unhas laranja e meia-calça de náilon brilhante. Eu estava irreconhecível. Uma mulher de negócios magrebina absolutamente respeitável. Um verdadeiro camaleão.

Pedi que o táxi me levasse até lá e ficasse me esperando.

Assim que cheguei no Quick, reconheci imediatamente meus interlocutores.

Um prazer para os olhos.

Porsche Cayenne com vidros fumê cheio de embalagens de fast food espalhadas pelo chão e estacionado numa vaga para deficientes, rap e ar-condicionado no máximo, portas abertas — uns gordos asquerosos com um filete de barba platinada sem bigode, calça capri, chinelo de piscina, camiseta Fly Emirates PSG marcando a gordura abdominal e acessórios chiques de verão como toque final: pochete Vuitton balançando em cima da pança e óculos Tony Montana espelhados.

O pacote completo. O novo orientalismo.

— Olá, eu sou a senhora Ben Barka, fui eu que entrei em contato com vocês. Eu tenho uma mercadoria que vem do bled e fiquei sabendo por um cliente de vocês que vocês estavam tendo problema com o fornecedor.

— E a senhora, quem é?

Os três me olhavam de queixo caído, esperando qualquer coisa, menos fazer negócio com a mãe deles.

— Eu já falei, sou a senhora Ben Barka e tenho a top de lá de baixo à venda.

Silêncio. Meu olhar é opaco. Meus olhos estão imóveis atrás dos óculos de marca.

— Ah, é? — falou, enchendo o peito, o gordo de camiseta do PSG. Karim Moufti, pseudônimo Durex, que eu reconheci pela entonação de idiota.

Tirei da minha bolsa uma amostra de cem gramas.

— Tá aqui a foto. É quatro mil e quinhentos o quilo da top, mas eu faço um preço especial se vocês comprarem mais de cinquenta. E faço um melhor ainda se comprarem mais.

— Quanto é mais? — perguntou Durex, segurando a amostra de haxixe na mão como se fosse um polvo morto.

Os Moufti e os parceiros deles tinham nascido na França e só o que conheciam da terra natal eram as praias. Eram marroquinos produzidos fora da terra; marroquinos hidropônicos. Enfeitar o discurso com uma que outra frase em árabe eles até conseguiam, mas eram totalmente incapazes de levar uma conversa adiante. Por conta disso, Durex ficava me encarando e mexendo os lábios enquanto eu falava. Dava para ver nos seus olhos dilatados e pela fumacinha que parecia emanar do cérebro que a cabeça dele estava fervilhando.

— Então a gente começa com cinquenta por duzentos e vinte e cinco, o que dá quatro mil e quinhentos o quilo, que é o preço espanhol pra essa qualidade. O transporte até a França fica de brinde, mas não dá pra comprar menos. Se vocês venderem dez por sessenta, já vão ter setenta e cinco mil de lucro. Eu trabalho sem saraf, então quero tudo em dinheiro vivo, e se faltar uma única nota eu nunca mais trabalho com vocês. É isso. Vocês têm meu número.

— Quanto é mais? — perguntou Durex, de novo, completamente hipnotizado.

Como é que alguém podia ser tão burro?

— Mais é mais. É muito mais. Mas, dando tudo certo com a gente agora, depois a gente vê.

E fui embora no meu táxi. Olhei pelo retrovisor; os três estavam na mesma posição, paradinhos feito postes com seus chinelos de piscina.

As traduções que eu fiz depois disso me deram um quentinho no coração: como é bacana você poder dizer que tem um bom produto.

> *Comunicação nº 7432, datada de sábado, 3 de agosto. Esta comunicação foi recebida a partir do aparelho telefônico da pessoa sob vigilância, procedente da linha nº 2126456584539, cujo titular não foi identificado pelas autoridades marroquinas. O usuário dessa linha é Karim Moufti, pseudônimo Durex. Seu interlocutor é Mounir Charkani, pseudônimo Lagarto.*
>
> *As palavras em língua árabe foram traduzidas pela Sra. Patience Portefeux, requisitada para este fim, a qual assina conosco o presente auto.*

> DUREX: *Juro pela minha mãe, isso aqui é o ouro do besouro. Dá pra sentir o cheiro do bled. De tão bom, tu fica cheio de gafanhoto pulando na cabeça. É o gostinho do campo... (Risos.)*

LAGARTO: Tu fumou demais, mano.

DUREX: Tô te falando, por mim eu trabalho o ano todo com essa patroa esquisitona aí. Tô cagando e andando se ela é rato ou coisa assim. É tão o ouro esse bagulho que eu vou te fazer por oito.

LAGARTO: Mano, tu não consegue não ficar se achando a última bolacha do pacote. (Risos.) Deixa eu ver. Já vou mostrar uma foto dessas pro meu primo das carangas.

DUREX: Tu sabe o que aquele cuzão do Brandon lá do doze me disse quando eu mostrei pra ele na foto? Ele nem ficou de papinho. Teu bagulho é bom pra caralho, eu quero isso daí pra ontem, foi assim que ele falou...

LAGARTO: Mano...

DUREX: Dá duas cajadadas de uma vez lá com o teu camarada, mano. O tunisiano. A gente cola junto em Paris, marca uma narguila no Prince e entra em modo reunião, tá ligado, porque isso aí eu tô achando cem por cento. Já pode até dizer pra eles juntarem a grana pra mais ou menos um metro, tô te dizendo.

Fui obrigada a deixar a palavra *patroa* nos autos porque estava em francês no texto que eu tinha recebido. Isso me incomodou na hora, mas depois pensei que eu tinha acabado de descobrir o meu pseudônimo de criminosa. Eu ia ser *a Patroa*. Eu estava presumindo que a polícia judiciária já tinha me encontrado desse jeito nas inúmeras conversas em francês que não passavam pelo meu filtro. É que estavam falando muito por telefone sobre o meu haxixe; cabe dizer que não é todo dia que uma qualidade tão alta cai nas mãos de traficantes completamente atrapalhados.

Fiquei refletindo sobre onde as transações poderiam ocorrer. Eu precisava de um local ao mesmo tempo discreto e seguro, mas também de um lugar onde houvesse pessoas o bastante para eu estar protegida, pois não queria que meus interlocutores, na melhor das hipóteses, me ameaçassem para pegar de volta o dinheiro que tinham acabado de me entregar ou, na pior, me torturassem para me fazer confessar onde eu estava escondendo o resto da droga. Um local onde fosse possível entregar sacolas enormes para árabes sem chamar a atenção de uma viatura policial que, como suas milhares de irmãzinhas, fica andando para cima e para baixo pela região parisiense por conta do estado de emergência. Como o estacionamento do Quick era pequeno e, por isso, muito exposto, optei diretamente pelo da penitenciária de Fleury, onde as famílias dos detentos ficam indo e vindo carregadas de sacolas. Pode parecer estranho como um ponto de tráfico de drogas, mas não existe lugar melhor para desaparecer no meio da massa.

Pus meus dois sacolões da loja Tati em carrinhos para não ferrar com as minhas costas e depois os coloquei no carro, dentro do estacionamento do meu prédio. Saí dirigindo e fui até outro bairro para estacionar. Dali, peguei um táxi que me levou com as sacolas até Fleury, depois pedi para o motorista ficar me esperando na beira daquele imenso canteiro central, com os dois sacolões enormes de lona plástica de vinte e cinco quilos dentro do porta-malas, para que eu fosse atrás dos meus supostos sobrinhos que não estavam atendendo o telefone.

Assim que cheguei no estacionamento, caminhei em direção ao Cayenne estacionado na outra ponta. Respiração, concentração. Quando criança, aprendi a cruzar fronteiras com uma plaquinha de *menor desacompanhado* pendurada no pescoço e uma jaqueta de náilon cor-de-rosa forrada de notas de quinhentos francos. O segredo é submeter cada molécula do corpo ao seu cérebro. É como andar de bicicleta: é algo que a gente não esquece e que não está ao alcance de todo mundo.

Entrei no carro com vidros fumê e tirei da bolsa uma contadora de cédulas portátil. O problema é que tinha uma quantidade enorme de notas de dez e de vinte, e eu precisaria de várias horas para conseguir terminar.

— Nota pequena eu não aceito!

— Dinheiro é dinheiro — respondeu Durex, ofendido, em árabe.

Tinha alguma coisa no tom dele que me desagradava profundamente. Como uma ameaça subjacente, do tipo *você vai pegar esse dinheiro, sua vadia*, e isso, nos homens, sobretudo nos gordos asquerosos de cento e dez quilos que cerram os punhos quando são contrariados, é coisa que eu não suporto. Isso me faz querer humilhá-los.

— Assim, ó: nota de dez, de vinte e de cinquenta é coisa de amador. Eu trabalho, no mínimo, com nota de cem. Me diz logo se você é um amador pra eu não ficar perdendo o meu tempo.

Eu pronunciei a palavra *amador* com desprezo, num francês com sotaque marroquino carregadíssimo. Foi orgástico.

O problema dos traficantes é que o tráfico de rua é feito com notas de dez e vinte euros. Os valores que eles juntam formam rapidinho montanhas de notas que precisam ser trocadas por maiores, e isso só pode ser feito através de um circuito de lavagem de dinheiro. Ao chamar Durex de *amador*, eu o rebaixava à condição de traficante de rua, justo ele, que se achava um Tony Montana. Além disso, a minha exigência o obrigava a reduzir sua margem de lucro, pagando dez euros por nota de cem.

— Ok, aqui eu tenho cento e doze mil e quinhentos, então vocês vão ficar só com uma das duas sacolas. Vou aceitar excepcionalmente quinhentas notas de cinquenta pra fechar o valor, mas vai ser a última vez. O resto é pura porcaria.
 — A gente vai querer contar.
 — Sem problema. Eu também faço em malas de vinte... Caso tenham interesse, pra revenda no atacado. É bem mais prático. Já que vocês querem contar... Você aí!
 Apontei para aquele que devia ser Mohamed Moufti, pseudônimo Momo, o irmão mais novo de Durex.

O taxista — aposto um dedo que ele tinha pelo menos um irmão na cadeia (digo isso porque ele me falou durante a viagem sobre *encarceramento*. Eu presto bastante atenção nas palavras, é o meu trabalho, e essa palavra só é pronunciada quando você trabalha na justiça ou quando você está envolvido com a justiça).
 O taxista, portanto, não achava nada de anormal que, num local onde todo mundo está arrastando sacolões enormes cheios de roupas, um jovem marroqui-

no ajude sua tia a carregar as suas. Assim que ele tirou uma das duas sacolas do porta-malas e voltou para o banco do motorista, eu a abri como se estivesse conferindo o que tinha nela, para mostrar para o irmão de Durex os vinte e cinco pacotes de um quilo cuidadosamente organizados. A transação estava feita; cada um foi para o seu lado.

— E se eu conseguir as notas pra mais um metro antes do dia 15? — Durex me perguntou por telefone quando eu ainda estava no táxi.

— Faço por quatro um metro e meio. Notas só de cem e de duzentos, senão nada feito — respondi sem floreios, pensando comigo mesma que eu iria traduzir aquela conversa no dia seguinte.

Nem preciso dizer que a festa organizada por Philippe naquela mesma noite para comemorar a sua posse não tinha como acontecer num momento pior. Eu, que estava louca para chegar em casa para poder levar meu cachorro para passear e ficar brincando com os meus cento e doze mil euros, ia ter que fingir animação num café do 20º Arrondissement completamente atrolhado de policiais. Eu estava frustrada e de mau humor.

Quando cheguei, colegas homens e mulheres estavam conversando com ele enquanto bebiam cerveja no bico, sem nenhuma elegância. Eu me servi de um... Sei lá o quê, era branco, morno, alcoólico e com bolhas, e me enfiei num canto, esperando o fim daquilo.

Não é que eu seja particularmente esnobe, mas já não acho nenhuma graça em todos esses policiais com suas piadinhas toscas, que eu sei de cor. Além disso, não gosto de bebida barata. Antes de ser *exigente*, como dizem, se me perguntassem se eu gostava de champanhe, eu não teria sido capaz de responder. Digamos que eu era habituada a consumi-lo, era o que sempre me serviam quando eu inclinava desdenhosamente meu copo. Mas, depois de vinte e cinco anos de festinhas insuportáveis onde me ofereciam moscatel, vinho frisante ou não sei que outro espumante nojento, acabei aprendendo que champanhe não tem nada a ver com todas essas merdas! Quem diria.

Eu sentia os olhos de Philippe o tempo todo em cima de mim, e isso estava me deixando desconfortável.

— O que foi? — eu disse, quase agressiva.

— Nada — ele respondeu. — Tô só te olhando. Não é sempre que eu tenho essa oportunidade. Tô aproveitando. — Os olhos dele brilhavam de afeto. — Você tem uma coisa que eu acho muito paradoxal: você sempre baixa os olhos quando alguém fala com você, como se fosse tímida, mas transmite uma confiança capaz de derrubar as paredes... Exatamente como a pior gentalha faz.

Parabenizei-o por dentro pela perspicácia, enquanto tomava a nota mental de que eu precisava ser um pouco mais aberta — sem chegar ao extremo de *Crime e castigo*, é claro.

— Tenho que tomar isso como um elogio, imagino.

Ele sorriu para mim com doçura:

— Claro que sim, porque eu só tenho elogios pra te fazer... Mas você ainda não me contou onde realmente aprendeu árabe.

— Já contei milhares de vezes: eu tenho facilidade com línguas e estudei!

— Acredita que ontem um dos marroquinos que eu interroguei sobre o assassinato daquele traficante jovenzinho pediu por você *in personam*? Ele não queria ouvir nada, só queria você! Segundo ele, você traduz melhor do que ninguém.

— Que assassinato? Que jovenzinho? Que marroquino? Não sei do que você tá falando!

E era verdade. Naquele momento, eu não tinha a menor ideia de quem ele estava falando, quando de repente o motorista com quem Afid Benabdelaziz viajou do bled voltou à minha memória. Eu tinha esquecido completamente dele.

— Mas faz pouquinho tempo, foi naquela prisão dos traficantes de 14 de julho. Até eu, que naquela época ainda nem estava no cargo, estava a par...

— Sim, sim, é que aconteceu tanta coisa desde então. Minha mãe, o hospital...

— O cachorro...

— Sim, o cachorro também!

— Foi legal isso que você fez pelo pobre do bicho... Se precisar de uma mãozinha pra cuidar dele, estamos aí!

— Eu adoro ele.

— Um dos garotos do tráfico foi degolado na cadeia.

— E como é que eu ia saber?

— Podia ter lido no jornal!

— No Le Monde Diplomatique?

Ele riu.

— Em todos menos no Le Monde Diplomatique. Tem toda cara de acerto de contas, porque uma semana antes a mãe dele foi atacada na frente de casa. Não deu pra descobrir mais nada porque ela infartou e morreu.

— Sim, sim, tô lembrada, foram aqueles marroquinos que estavam vindo da Espanha e abandonaram a carga pelo caminho... A essa altura alguém já deve ter encontrado essa droga.

— Bem provável, mas alguma coisa me diz que não foram os donos legítimos, porque tá tendo muita conversa sobre isso na comunidade, principalmente que eles estavam transportando pra outros... Mas enfim, o motorista marroquino não queria saber de nada.

— E no que é que deu?

O motorista... Merda... mas o que é que ele podia estar querendo comigo?

— Ele voltou pra cela dele. O juiz de instrução vai interrogar ele de novo. Temos tempo. Não esquece que todos eles estão em processo criminal e têm mandado de prisão de um ano, então ninguém tá com pressa. Eles vão te ligar. Eu deixei uma notinha no dossiê... Mas então, ainda tô sem resposta, onde você aprendeu árabe?

— Bom, foi a minha babá quem me ensinou a falar, dos seis até os dezessete anos. Depois disso eu estudei.

— O meu filho também, foi uma argelina que cuidou dele. Ela falava com ele em árabe, então ele entende algumas palavras, mas daí pra conseguir falar...

— Na verdade era um babá, e ele não cuidou de mim, ele me educou.

— Ah, é?

— Sim, um homem.

— E qual era o nome do teu babá?

— Bouchta.

Eu não pronunciava esse nome fazia muito, muito tempo. Ao menos não em voz alta, porque às vezes acontecia de eu chamá-lo nos meus sonhos, quando tinha algum pesadelo. Curiosamente, desde que toda essa história terminou, eu não tenho mais, mas, naquele momento, quando eu estava retomando o meu lugar depois de vinte e cinco anos de letargia no continuum mafioso da minha família, meu cérebro estava como uma esponja velha; quando eu apertava, as memórias saíam aos montes...

Bouchta...
Ó, meu Bouchta... Meu querido Bouchta.
Minha mãe era uma dona de casa lamentável, que não fazia absolutamente nenhuma tarefa doméstica, sobretudo o que dizia respeito à limpeza. Meu pai não se importava, pelo contrário, a mulher de um pied-noir para quem o destino sorriu não tinha mesmo que estragar as unhas esfregando panelas e frigideiras. Em compensação, ela deveria saber mandar nos empregados — o que ela também não fazia. Assim, se eu tivesse que traçar a linha do tempo da minha primeira infância, ela consistiria numa sucessão de empregadas domésticas, de broncas, de acusações por objetos quebrados ou roubados e de portas batendo. Então, exasperado com o caos permanente que reinava em casa, depois da portuguesa odiada pelo nosso doberman, da polonesa surda e da porcalhona de Creuse, meu pai decidiu resolver a questão da criadagem de uma vez por todas e foi para a Tunísia comprar Bouchta.

O proprietário anterior era um dos antigos amigos colonos do meu pai que permaneceram no bled depois da independência. Ele ainda praticava o khemmessat, um tipo de servidão medieval que consistia em prender um homem num pedaço de terra por uma dívida inextinguível. Meu pai deve ter pago bem caro para saldar a tal dívida, pois reclamava para todos os antigos amigos tunisianos que viviam na França que *seu negão tinha custado um dinheirão*. Desse modo, as esposas dos colonos, saudosas dos seus mouros deixados por lá, iam ficar com inveja da minha mãe, que estaria nadando no luxo por possuir tanto eletrodomésticos quanto um escravo para botá-los para funcionar.

Bouchta não trabalhava na terra, mas cuidava da limpeza e da cozinha. Ele era aquilo que Malcolm X chamava de *negro da casa*, na medida em que ele aceitava como estado natural a autoridade dos brancos. Para ser honesta, não consigo ver outra explicação para o fato dele não ter assassinado todos nós, incluindo o cachorro, enquanto dormíamos, depois dos *Bouchta, asba!* infinitos vindos do meu pai — sendo que *asba* era a palavra mais vulgar que se pode imaginar na língua árabe, algo como *meu pau na bunda da sua mãe*, e era usada pelos colonos simplesmente para dar ênfase ao discurso.

Bouchta, asba, a sopa! Asba, anda logo, o queijo!

Quanto à questão do pertencimento do coitado do Bouchta e dos árabes em geral à espécie humana, meus pais, pelo menos sobre isso, concordavam.

Para meu pai, na hierarquia de racismo antijudeu, antimaltês, anti-italiano e até mesmo anti-pied-noir, no topo da qual ele se situava enquanto colono tunisiano, o árabe não tinha nenhum lugar. Como é que ele poderia ter um, aliás, se não era considerado uma pessoa, mas uma máquina agrícola estranha e desobediente? Um albornoz — como na expressão popular *suar o albornoz*, de quando os colonizadores os faziam trabalhar até a última gota de suor —, um burro de carga.

Graças à presença de Bouchta, A Propriedade era finalmente a Tunísia, assim como o Sena era o Mekong para Marguerite Duras, com essa força de afirmação que faz com que se abra uma passagem mental entre dois lugares que não têm absolutamente nada a ver.

Meu pai berrava alegremente insultos num árabe macarrônico para seu novo brinquedinho, que ele havia transformado no Nestor, de Tintim, com colete listrado e gravata borboleta. Ele tinha plantado uma figueira e voltado a ouvir Lili Boniche e Reinette l'Oranaise sentado num pufe oriental, apesar dos seus problemas na lombar.

No jantar, havia pimentões em conserva e frango com azeitonas, com strudel de sobremesa, pois a Áustria havia entrado solenemente em resistência.

A primeira vez que minha mãe viu Bouchta, nós estávamos voltando da escola. Quando ele nos recebeu, todo sorridente ao abrir o portão, ela soltou um gritinho de pavor: *Oi gevald, ein negger! (*"Que horror, um preto!", em iídiche). Porque Bouchta, nascido no Marrocos, perto da fronteira mauritana, além de ser árabe, era negro. E minha mãe, nascida perto da fronteira iugoslava, só foi ver o seu primeiro negro, caracterizado como canibal, aos catorze anos, num circo itinerante. Ela estava além do racismo, aquém da controvérsia de Valladolid, no sentido de que os conquistadores espanhóis ao menos se questionavam se os índios tinham alma.

Desde o primeiro dia, ela se empenhou para mandá-lo embora, como a terrível aranha negra que era.

Para começar, ela o acusava de mil males: que a comida dele era muito pesada, o que não era verdade. Que ele limpava mal, que ele fazia a roupa encolher, o que também não era verdade. Que ele lhe dava uma pena enorme, e isso era verdade: ser o negro de uma casa lúgubre à beira de uma autoestrada com seis pistas a serviço de um maluco que te trata como um cachorro, que paga uma miséria e ainda te obriga a enterrar cadáveres era terrível.

Durante onze anos, ela procurou desesperadamente um ponto fraco, sem encontrar. Bouchta era doce e servil. Os armários estavam cheios de pilhas de roupas impecavelmente dobradas e com um perfume de lavanda, e a sopa chegava na mesa na temperatura certa para que meu pai pudesse jantar como ele gostava, isto é, em quatro minutos.

E então, um dia, ela encontrou.

Aos sessenta e cinco anos, Bouchta pediu para tirar folga aos domingos, já que estava envelhecendo e precisava descansar. De manhã ele partia, com uma sacola plástica, da choupana que tinha sido graciosamente ajeitada para ele no fundo do jardim e, depois de passar do portão da Propriedade, em vez de virar à esquerda, na direção da estação de trem, ele pegava à direita, na direção de lugar nenhum, e então desaparecia até o final do dia, às sete da noite.

— Você não acha estranho ele pegar à direita? — ela arriscou, certa noite, para meu pai.

— Ele deve ter visto outros que nem ele praqueles lados — respondeu ele, apontando vagamente na direção do vazio da rodovia.

E então um dia, por acaso, nós o enxergamos acima das nossas cabeças, na ponte sobre a rodovia A13, e quatro horas depois nós o vimos de novo no mesmo lugar, no sentido contrário.

Minha mãe farejou o ponto fraco:

— Por que você não vai pra Paris encontrar outras pessoas como você, em vez de ficar olhando os carros passarem na ponte?

— É que, como eu não sei ler, tenho medo de me perder se eu sair daqui — ele respondeu, com toda a sinceridade.

No dia seguinte, Bouchta já tinha sua cartilha de alfabetização *Daniel et Valérie*, e minha mãe começou a prepará-lo como se ele fosse fazer um vestibular.

— *Os gansos bebem no lago... A mula está no estábulo...* — ela escandia com seu sotaque judeu carregadíssimo.

— *Os gansos bebem no lago... A mula está no estábulo...* — repetia Bouchta com seu sotaque árabe.

Ele gostava muito dessas frases, as primeiras que leu na vida e que o faziam lembrar da sua fazenda na Tunísia. Ele as inseria em qualquer contexto e dava risada, principalmente quando se dirigia a mim, a única pessoa que ele via durante o dia.

Em um mês, ele já estava decifrando as placas. Em quatro, já conseguia ler o jornal. E depois de seis meses, numa certa manhã, sem se despedir, sem avisar, ele não estava mais lá.

Ele foi embora para encontrar outras pessoas como ele, ele está feliz agora, me dizia minha mãe, do mesmo modo que consolamos uma criança cujo animal de estimação, pulguento e pesado, finalmente fugiu. Como eu a odiava. Ela falava comigo como se eu fosse uma retardada sobre o homem que tinha me vestido, lavado e alimentado. Que tinha me visto crescer. Que tinha sido o confidente de todas as minhas alegrias e tristezas. Meu pai e minha mãe ao mesmo tempo, o único ser dotado de humanidade em toda a minha família. Tudo o que eu sabia fazer de divertido na vida eu devia a ele, porque ele era delicado e paciente. Ele tinha a paciência daqueles que vivem em harmonia com as árvores e as estações. Além de falar o dialeto marroquino e tunisiano e fazer chifres de gazela, ele me ensinou a cuidar dos animais e a me orientar no escuro graças às estrelas.

Mesmo agora, quando cruzo com um *chibani*, um desses imigrantes magrebinos da primeira geração, não posso deixar de olhar para ele e procurar nas suas feições o velho Bouchta, mesmo consciente do absurdo disso, já que ele teria mais de cem anos.

Um dia depois que ele se foi, minha mãe se disfarçou de limpadora de cena do crime, com avental, luvas de borracha e máscara cobrindo a boca, para erradicar o meu querido Bouchta e, ao mesmo tempo, a filiação bastarda que sua preguiça de me educar tinha ajudado a criar.

Ela lavou as paredes da peça onde ele havia dormido com uma mistura de sabão líquido Saint-Marc e água sanitária e queimou todos os móveis e as poucas coisinhas pobres que ele tinha deixado para trás. Tudo o que eu tinha dele era uma pedrinha. Uma mera pedrinha preta que ele tinha encontrado enquanto caminhava e na qual havia um desenho curioso. E mesmo isso ela conseguiu surrupiar de mim e jogar no lixo.

Então, como se ele jamais tivesse vivido conosco, ela voltou a se dedicar à sua coleção de empregadas problemáticas.

Naquela noite, meio bêbada, contei para Philippe uma versão light dessa história e aquilo me deixou feliz.

5
DAQUI A UMA HORA VOCÊ VAI ESTAR COM FOME DE NOVO

Quando organizava meus maços, me deparei com uma nota de duzentos euros "escrita" em meio às que Durex tinha me dado. Isso é mais comum nas notas pequenas de cinco, nas quais é possível ler mensagens escritas à mão em todas as línguas, do tipo *o dinheiro é rei, a dívida soberana, o povo derrotado; politicos y banqueros, una disgracia para la nación; em nome da lei, eu te endivido...* Jovens utopistas que sonhavam destruir o sistema deixavam sua marca nelas antes de devolvê-las à oferta monetária europeia como grãos de areia. Que essas notas caíssem nas mãos dos traficantes de drogas, paradigmas do capitalismo, não deixava de ser irônico.

Eu nunca tinha visto isso, contudo, numa desse valor. O que tinha na cabeça a pessoa que escreveu *daqui a uma hora você vai estar com fome de novo* numa nota tão alta, correndo o risco de que ela fosse recusada?

Com orgulho, coloquei aquela nota tão peculiar de duzentos euros no canto da moldura de *A pequena colecionadora de fogos de artifício*, como um vendedor de cachorro-quente nova-iorquino que emoldura seu primeiro dólar. Era oficial: o negócio da Patroa estava aberto...

Comunicação nº 8635, datada de quinta-feira, 8 de agosto. Esta comunicação foi recebida a partir do aparelho telefônico da pessoa sob vigilância, procedente da linha nº 2126456584539, cujo titular não foi identificado pelas autoridades marroquinas. O usuário dessa linha é Karim Moufti, pseudônimo Durex. Seu interlocutor é Mounir Charkani, pseudônimo Lagarto.

As palavras em língua árabe foram traduzidas pela Sra. Patience Portefeux, requisitada para este fim, a qual assina conosco o presente auto.

LAGARTO: E aí, salam aleikum, de boa ou qual é?

DUREX: Correria, hamdoullah, como sempre. (Risos.) Só que aí o Brandon, aquele filho da puta, agora quer sessenta. Eu falei pra ele: já é Ramadã e a Patroa, eu pedi pra ela assim, um metro, tá ligado, setenta pra eu e trinta pra tu, e não sei se ela vai conseguir mais... Se ele quer mais, o filho da puta da mãe dele que me dê dinheiro pra mais, pra começar. E a quatro ponto sete. Agiliza, porque o negócio lá tá parado.

LAGARTO: Aham, uhum... Eu vou te levar a grana, mano. O outro lá, aquele César, ele me trouxe nove paus.

DUREX: Só isso?

LAGARTO: Como assim só isso? Qual é, eu já tenho oitenta paus, e o resto ele vai me trazer amanhã: quarenta e um paus e depois eu quero o que é meu. Pelo Corão que tu me traz com prioridade a quatro ponto dois?

Durex: Tu é meu irmão, pelo Corão. Eu sei que contigo é satisfeito ou dinheiro de volta. Eu pedi quatro malas mais vinte, fecha um metro redondo. Vai ter uma pra ti e mais dez, juro pela minha mãe. E se tu encontrar o cuzão do Brandon, diz pra ele que eu preciso de grana pra seguir em frente com a minha vida.

Lagarto: Pelo Corão de Meca.

Durex: Ou então ele pode continuar com aquela merda de salário dele... Diz isso pra ele, pelo Corão!

Lagarto: Assim que eu tiver com a parada eu desço e pego uns bons duzentos lá pelo fim de setembro pra duas malas.

Durex: Te liga no tamanho das notas.

Lagarto: Tranquilo.

Durex: Tamo junto, mano.

Comunicação nº 8642, datada de quinta-feira, 8 de agosto. Esta comunicação foi recebida a partir do aparelho telefônico da pessoa sob vigilância, procedente da linha nº 2124357981723, cujo titular não foi identificado pelas autoridades marroquinas. O usuário dessa linha é Mounir Charkani, pseudônimo Lagarto. Seu interlocutor é Rafik Hassani.

As palavras em língua árabe foram traduzidas pela Sra. Patience Portefeux, requisitada para este fim, a qual assina conosco o presente auto.

Lagarto: Alô, aham, então...

RH: Então não tá nada bem. O cara, ele me disse que tava tudo bem... Mas não imediatamente...

> *LAGARTO: Não vem me falar do que não tá bem. Fala do que tá bem. Tu tá me dizendo é que ainda não tem porra nenhuma aí do teu lado.*
>
> *RH: Aham, aham, por enquanto ainda não tem porra nenhuma.*
>
> *LAGARTO: Qual é, mano, mesmo quando tu diz que tá resolvido, é papinho! O que tu quer que eu te diga? Eu preciso da minha grana! Eu não tenho tempo pra esperar, e tu tá aí comendo mosca. Tu tá achando que é festa, mas não é festa, mano, chega de papinho! Eu tenho conta pra pagar.*
>
> *RH: Mas eu ainda tenho um outro cara pra ver que tá com doze paus que são meus.*
>
> *LAGARTO: Vai atrás da mãe dele, vai atrás da vó dele, vai atrás de quem tu quiser, tô cagando, mano, eu quero a grana aqui!*
>
> *RH: Eu também tô estressado...*
>
> *LAGARTO: Que bom que tu tá estressado... Tu viu a foto, mano, tem um milhão de cuzão babando meu ovo pra eu fazer negócio com eles, e eu não tô fazendo com eles porque é tu que eu tô esperando! Então agiliza pra tá na ativa, e não vem me dizer de novo que é questão de tempo.*

Eu tinha pelo menos umas vinte conversas como essas para traduzir em cada sessão, e, dada a discrepância entre os números que apareciam no canto dos relatórios, deduzi que houve mais de duzentas desse tipo, em alguns poucos dias, entre os diferentes protagonistas desse negócio.

Estavam dando duro, na galáxia Durex, para juntar meu dinheiro.

Infelizmente, esses imbecis, apressados pela sede de lucro, pararam de tomar o que eles imaginavam ser precauções para se comunicar e vinham conversando cada vez mais em francês. Por conta disso, tinha cada vez menos frases em árabe nas conversas deles, o que fazia com que eu não conseguisse controlar mais nada das atividades deles.

No dia 15 de agosto, organizei então uma segunda entrega num lugar que cheirava ainda mais a guilhotina do que o estacionamento da casa de detenção de Fleury: o Quai de l'Horloge, diante do Palais de Justice, bem em frente à saída da prisão. Durex tinha implorado que eu desse uma semana a mais para ele conseguir juntar todo o dinheiro, semana que eu obviamente não concedi, e ainda encurtei o prazo dele em dois dias, só por ter tido a audácia de perguntar — no jogo do capitalismo, eu sei disso, e eles também, é o mais imundo que impõe respeito.

De novo de táxi e ainda com a mesma lorota, *vou encontrar os meus sobrinhos*, fui para o nosso encontro, onde eles estavam me esperando não mais em três, mas em cinco traficantes. Outras versões de Durex: marginais islamistas barbudos, de pálpebras pesadas que escondiam pela metade um olhar de uma estupidez de tirar o fôlego; um gordo baixinho e um magrão alto, um dos quais se revelou — eu reconheci pela voz — ser o famoso Lagarto.

A operação foi incrivelmente fluida. Consegui passar adiante quatro malas marroquinas — duas enormes bolsas de viagem com rodinhas de quarenta quilos cada — mais vinte quilos a granel por quatrocentos e cinquenta mil euros em notas de quinhentos e duzentos. Como Durex era um bom aluno, demonstrei minha satisfação acrescentando mais dez quilos que eu levava comigo numa bolsa de ginástica, para fazer um pequeno gesto comercial. Conversamos pouquíssimo, de tão apressados que todos eles estavam para desaparecer daquele lugar apinhado de policiais que olhavam com benevolência para nós, uma adorável família árabe trazendo supostas bolsas com roupas para um pobre coitado que estava sendo julgado.

    E como eram fofos aqueles meus sobrinhos! Na hora de ir embora, me dei ao luxo de apertar a bochecha dos dois irmãos Moufti, tendo os sentinelas como testemunhas, no maior estilo tia coruja, para demonstrar o quanto eu amava eles.

Mandei minha mãe de volta para o asilo como se ela nunca tivesse saído de lá, contratando uma cuidadora, Anta, uma jovem de Madagascar, já que agora eu tinha condições de pagar um salário à altura da sua dedicação. A diretora devolveu a caixa com os pertences da minha genitora e o Schnookie voltou ao seu lugar na mesa de cabeceira. No corredor, cruzei de novo com a senhora Léger. A coitada já não dizia mais nenhuma palavra e tinha herdado daquela fuga uma fissura no colo do fêmur, o que não a impedia de continuar andando em círculos como um crustáceo furioso, empurrando à sua frente um andador de alumínio.

Ao sair de *Les Éoliades*, encontrei os dois filhos dela sentados num banco, discutindo. A filha Léger estava derramando rios de lágrimas enquanto o irmão gritava com ela e arrancava a pele das unhas com os dentes, com o rosto contorcido pela ansiedade. Uma tristeza infinita emanava daquela dupla de cinquentões que arrastava sua dor havia nove meses como quem carrega um cesto de duas alças. Tinham colocado recentemente o pai deles no mesmo andar que minha mãe e, independente da hora que passasse em frente ao quarto dele, eu o via sempre inclinado para a frente, amarrado à sua poltrona, chorando.

— Eles dizem que os velhos têm que se hidratar, mas eu encontro sempre fechadas as garrafinhas de Evian que eu trago, porque ninguém dá de beber pra ele... E nos dias que não estou aqui pra dar comida pra ele, eles simplesmente deixam a bandeja no quarto e fecham a porta. *Bom apetite, senhor Léger*, mas se ele come ou não, ninguém tá nem aí... E a minha mãe, a senhora viu como vestiram ela? Ela fica de blusão de lã quando está fazendo trinta e cinco graus... E a fuga... Ela foi atropelada por um carro na alça de acesso do Boulevard Périphérique, como um cachorro. Já pensou se ela tivesse ido mais longe? E a diretora, que está dizendo que a gente vai ter que pagar a pulseira de monitoramento que ela arrancou. Mas onde é que vai parar tudo que a gente paga?

Cada queixa contra a instituição reavivava e alimentava o choro da filha. Aquilo poderia ter seguido por horas, de tanto que a situação daquela família, que eu conhecia de cor, era atroz.

— É sempre assim no verão, com os funcionários em férias. Se vocês quiserem, a gente pode dividir a cuidadora que eu peguei pra minha mãe.

— Ah, isso seria ótimo... — disse ela, com os olhos cheios de gratidão.

O irmão interveio de imediato para me explicar que eles, infelizmente, não tinham condições. As duas famílias deles ficariam em Paris naquele verão e iam se revezar para cuidar dos pais deles.

— A gente não tem mais nenhum centavo. A aposentadoria do meu pai mal cobre metade das despesas dele, e as da minha mãe, sai tudo do nosso bolso. A gente passa todo o nosso tempo contando dinheiro. Tentamos nos informar sobre a tutela, mas todo mundo diz que é muito complicado. Primeiro tem que esperar um ano pra ter um juiz e, depois que a decisão for tomada, as contas são bloqueadas e aí não dá mais pra sacar nem um centavo por vários meses, a não ser que tenha a autorização dele, que ele nunca dá porque está sobrecarregado ou de férias.

— E como é que vocês pagam então? Vocês falsificam a assinatura dos pais pra poder tirar das contas deles o dinheiro da aposentadoria, é isso?

— Isso...

— Estamos todos na mesma, você sabe.

— A gente precisa de pelo menos dez mil euros por mês para pagar tudo. Uma fortuna. O tabelião nos aconselhou a vender o apartamento deles por contrato Viager, pra termos uma renda mensal garantida nas nossas contas. Já faz seis meses que a gente publicou o anúncio na internet, mas não aparece ninguém interessado, com uma parcela tão alta. Daqui a pouco vai ser o meu apartamento que eu vou ter que vender pra poder pagar o que essa maldita casa de repouso custa.

— Onde os pais de vocês moravam?

— Num apartamento de três peças de setenta e dois metros quadrados na Rue Monge.

— Eu tenho interesse! Vou ser bem direta: estou disposta a pagar quanto vocês quiserem por mês, desde que a entrada seja realmente muito baixa.

A esperança renascia nos olhos deles.

— Assim vocês podem arranjar uma cuidadora em tempo integral pros dois e se revezar pra que pelo menos um de vocês consiga sair de férias... Mas eu preciso que os pais de vocês assinem a venda com um tabelião, e isso...

— O tabelião que nos assessora vai nos asilos e faz os velhos assinarem as papeladas, independente da condição deles, contanto que ninguém sacaneie ninguém. Nós somos os únicos dois filhos, e é só olhar pros nossos pais pra entender que eles nunca vão sair daqui.

— Como falei, eu tenho interesse.

— A senhora tem noção de que vai salvar a nossa vida?

— Tem só um porém: eu posso pagar a parcela que vocês quiserem, mas tem que ser em dinheiro. Não vou mentir pra vocês: eu tenho em casa um valor enorme que é da minha mãe. Não tem nada a ver com dinheiro sujo, é só o tesouro de uma senhora judia já meio louca que sempre pensou que os alemães tinham esquecido dela e que um dia eles iam voltar pra buscá-la.

— A gente deposita o dinheiro na nossa conta, não tem problema — disse a filha Léger.

— Não, não. Não dá pra fazer isso — o irmão retrucou com firmeza.

— Então ferrou, a gente nunca vai conseguir! — disse ela, num desespero teatral, como se fosse culpa do irmão dela nós não podermos lavar dinheiro. Ela voltou a chorar, e ele, a suspirar.

— Pra vocês ficarem tranquilos, a diretora daqui não dá a mínima bola pra isso. Muito pelo contrário, aliás. Com dinheiro vivo ela pode pagar milhares de horas extras por fora. Talvez vocês não saibam, mas esse negócio aqui pertence a um fundo de pensão americano que gosta muito de economia nas despesas com pessoal.

— Ok, eu vou falar com o tabelião. Na real, na nossa situação, a gente não pode se dar ao luxo de ter uma consciência delicada demais.

— E você trabalha com o quê, se me permite a indiscrição?

— Eu sou inspetor de polícia.

— Mas como este mundo é pequeno! O meu companheiro também, e eu sou tradutora judicial.

Estávamos entre nós, membros da grande massa das classes médias estranguladas pelos pais. Era reconfortante.

Os irmãos Léger pretendiam vender o apartamento dos pais por uns setecentos e cinquenta mil euros, então acertamos tudo por uma entrada de cinquenta mil e parcelas de vinte mil por mês, pelo tempo que o pai hemiplégico e afásico de oitenta e seis anos e a mãe com Alzheimer vivessem — tempo estimado generosamente em três anos, dado o cenário desesperador em que os dois se encontravam. Assim, ninguém estava sendo enganado. Como a papelada do apartamento já estava organizada para uma possível cessão, e como obter um empréstimo quando se tem um imóvel para hipotecar é uma mera formalidade, meu banco me emprestou o dinheiro da entrada e a aquisição do meu apartamento levou apenas uma semana.

Nesse meio-tempo, fui visitar meu futuro imóvel com o filho Léger.

Constrangido de entrar na intimidade dos pais, a menos que se tratasse de uma simples atitude animal diante da morte, ele nem chegou a passar da entrada, ordenando com um gesto para eu me sentir como se já estivesse em casa. O apartamento tinha cheiro de lugar fechado. Um raio de sol no qual partículas de poeira dançavam era filtrado pelas cortinas cerradas, revelando um interior sujo e em péssimas condições, mas nada, eu avaliava, capaz de desencorajar um empreiteiro polonês. Os armários, que eu fui abrindo um a um, estavam cheios de roupas ou de coisas velhas com uma crosta de sujeira. Tudo teria que ser jogado fora, e eu sabia que essa tarefa também ficaria para mim. Estava até suspeitando que os Léger estivessem felizes de se livrar da casa dos pais só para não terem que lidar com os pertences deles.

Primeiro meu pai, depois meu marido, minha mãe e agora os pais de outras pessoas; já dava para se perguntar se apagar a existência material das pessoas com sacos de lixo não era como uma missão que o destino havia designado para mim. Fosse como fosse, o apartamento era muito bem localizado, a bem poucos metros das Arènes de Lutèce. Eu estava exultante, pois finalmente tinha alguma coisa decente para oferecer para as minhas filhas.

Quando estávamos todos reunidos em torno da mesa enorme do tabelião, eu afundei as mãos nos bolsos laterais do meu vestido de verão para apertar dois grandes maços de vinte mil euros entre os dedos e a palma da mão. Como duas grandes pedras. Num determinado momento, quando tudo estava assinado, coloquei minhas pedras em cima da mesa, e Luc Léger as pegou como quem segura uma coisa um pouco duvidosa, soltou tudo nas mãos da irmã e me rabiscou um recibo de dois meses. Se ele estava achando aquilo nojento, ela, por outro lado, tinha o olhar cintilante daqueles que gostam da bufunfa.

E então o verão e o início do outono passaram a toda velocidade com seus atentados, greves, ondas de calor extremo...

Minhas filhas voltaram das férias e retornaram ao trabalho. Philippe tirou três semanas de folga com o filho para mostrar para ele as girafas africanas. Quanto a mim, fiquei cuidando do meu novo apartamento, que foi completamente esvaziado e reformado por um certo Mikolaj e sua equipe por sessenta mil euros.

Também fui passar alguns dias na Suíça, que, diga-se de passagem, tinha acabado de aprovar uma lei contra a lavagem de dinheiro e de limitar os pagamentos em dinheiro vivo a... noventa mil euros por transação.

Fiquei hospedada no Hotel Belvédère — aquele da foto da *Pequena colecionadora de fogos de artifício* —, que eu tanto tinha frequentado antigamente, decidida a aproveitar e finalmente começar meu endless summer.

Foi minha avó Rosa quem abriu o caminho para as férias nesse mítico hotel, em 1946, com o dinheiro da herança do seu novo marido. Sua irmã Ilona, refugiada em Londres durante o Anschluss, tinha criado uma fundação filantrópica, cujos membros eram cavalheiros muito, mas muito velhos, mal e mal conscientes de existirem, mas dispostos a ajudar as simpáticas judias deportadas. Foi assim que minha avó casou naquele lugar, em novembro de 1945, com um certo senhor Williams, de noventa e dois anos, que ela tinha visto por cinco minutos, tempo suficiente para espoliar da herança todos os descendentes dele. Ele morreu alguns meses depois da cerimônia e, depois de *conseguir o dinheiro* — ninguém moveria um processo contra uma simpática judia deportada —, ela pagou para sua filha e para si mesma o que elas tinham sonhado juntas no campo de concentração: uma longa e luxuosa estadia num país neutro e de língua alemã para ficar comendo bolo e olhando para um lago. Foi desse jeito que a senhora Rose Williams, uma dama inglesa muito chique, fincou sua bandeira no Belvédère, iniciando assim seu próprio endless summer, que durou infelizmente só uns quinze anos, já que seu corpo exausto pelas privações da guerra parou de funcionar aos sessenta.

Não tenho nenhuma dúvida quanto a isso: se tivesse sido a mesma Rosa Zielberman, proletária do bairro

Prater, que tivesse reservado aquele mês de agosto de 1946, teriam gentilmente respondido que estavam lotados e nós nunca teríamos posto os pés lá.

Meu pai se juntou às duas mulheres em 1955, e eu, quando nasci, em 1963. Era costume a família começar seu périplo de verão por uma estadia no Belvédère, para que minha mãe pudesse se recuperar de um desgastante ano sem fazer nada. Nós reservávamos de um ano para o outro e chegávamos sempre nas mesmas datas para aproveitar os fogos de artifício de 1º de agosto. Meu marido substituiu meu pai ao nosso lado e minhas filhas nasceram. Então ele morreu, deixando uma mesa exclusivamente feminina, até que minha mãe não tivesse mais condições de pagar pela nossa estadia. Depois de uma longa ausência, eu estava indo para lá sozinha pela primeira vez.

Conhecido mundialmente pela maravilhosa vista para o lago, o Belvédère pertencia à mesma família desde sua criação, no século 19. Três gerações de Hürsch haviam recebido minha família no seu prédio imponente, com suas caras amarradas de profissionais da hotelaria suíça. Essa austeridade totalmente calvinista permitia que eles mantivessem afastados os novos ricos e os metecos, que não encontravam no seu hotel nenhuma das comodidades que suas mentes ávidas por balbúrdia e distrações exigiam. Sem spa, piscina, butiques, sala de conferências, nem música ambiente tipo canto de baleias no sintetizador, nem videogames com crianças gritalhonas ao redor. Nada além de silêncio e uma vista absolutamente deslumbrante em troca de um preço astronômico. Esse era o autêntico luxo que permitia estar entre iguais. A última vez que eu tinha posto os pés lá, na época em que minha mãe ainda possuía algum dinheiro, lembro de ter visto alguém perguntar na recepção se eles tinham internet. O senhor Hürsch respondeu com desdém que ele *não oferecia esse tipo de serviço*, como se estivessem tratando de prostitutas.

Mas quando meu táxi me deixou diante da porta, não reconheci nada. O hotel tinha desaparecido, ou melhor, tinha sido absorvido por uma megaestrutura de vidro em forma de paralelepípedo. Nem um único rosto conhecido, nem na clientela, nem entre os funcionários, como se os Hürsch nunca tivessem existido. Nada de chocolatinho em cima do meu edredom de penas de ganso. Aliás, absolutamente nada de edredom de penas no meu quarto asséptico de cor taupe. Tudo tinha se tornado bege e taupe, as cortinas, a colcha, o carpete... As não cores por excelência, que, combinadas com branco e preto, criam um cocooning chique em todos os hotéis de luxo do mundo.

A vista para o lago estava obviamente no mesmo lugar, exceto que, baixando a cabeça, uma esplanada imunda tinha substituído o belo parque onde a *pequena colecionadora de fogos de artifício* tinha dado seus primeiros passos. Mas foi realmente quando vi niqabs oscilando no céu azul-suíço sob a corola de parapentes que entendi: o Belvédère tinha sido fagocitado por um fundo soberano do Golfo.

Enquanto seguia com os olhos aqueles pequenos sinos pretos, soltei um suspiro impregnado de cansaço filosófico. Sabe-se lá se, entre as menininhas de véu sentadas no terraço do Belvédère com o nariz apontando para o céu, não haveria uma que tinha o direito a uma melba de morangos cheia de calda doce e chantilly. E se isso acontecesse, essa menina estaria sonhando, como eu na idade dela, com um destino extraordinário.

Deixei minhas coisas no meu buraco e fui imediatamente percorrer as ruas comerciais, a fim de comprar tudo o que eu cobiçava e que eu enfim tinha condições de pagar. Mas muito rápido, deambulando diante de vitrines de joalherias e butiques de moda, me dei conta de que eu não queria nada. Mal parei diante dos cremes antirrugas com platina, ouro ou caviar a seiscentos euros por trezentos mililitros. *Não é um simples creme antirrugas, senhora, mas uma experiência*, me disse a vendedora laboratorista de jaleco branco. Lambuzar o rosto com metais raros ou animais em risco de extinção para alcançar a juventude eterna beirava efetivamente a metafísica. *Devíamos comer dinheiro diretamente, picar bem picadinho e transformar num complemento alimentar de luxo, como a geleia real*, pensei comigo e fiquei rindo sozinha.

No fim das contas, me limitei a fazer como *a formiga japonesa*, ou seja, lavar meu dinheiro comprando quatro Fancy Vivid Pink de meio quilate por noventa mil cada e que cabiam num tubo de batom e uma bolsa Kelly Hermès de crocodilo vermelho do mesmo valor para revender no leilão quando voltasse a Paris — os diamantes rosa e as bolsas de marca vendem como água. Eu sabia disso de tanto sonhar diante dos catálogos dos leilões parisienses. A única compra pessoal que eu tinha me autorizado foi uma coleira caríssima de couro italiano para o DNA e uma guia combinando.

Depois dessas comprinhas, voltei para o hotel, solitária e silenciosa, e passei aquela primeira noite na minha sacada, pensando, acompanhada do meu elegante cachorro.

Meu endless summer não estava começando nem um pouco do jeito que eu tinha imaginado.

Era para eu me sentir alegre por estar *torrando grana*, *bufunfa*, como dizem os intelectuais que povoavam minha vida... Sim, mas para comprar ou fazer o quê? É certo que aqueles jovens traficantes cujas conversas eu vinha traduzindo há quase vinte e cinco anos ainda não tinham sido tocados por gastroenterites a tratar, por aparelhos dentários e viagens escolares a pagar, por cordões de moletons com capuz para trocar — todas essas pequenas realidades que vão gradualmente deixando as mães de família atoladas. A vida tinha passado por cima de mim do mesmo jeito que aquele ferro que eu manuseava todas as noites para que as minhas filhas, apesar da falta de dinheiro, estivessem sempre com as roupas impecáveis. Eu tinha me tornado uma *boa senhora* com as asas quebradas pelas preocupações materiais e, ao contrário do que a publicidade tentava nos fazer acreditar, não era assim tão simples mudar de comportamento depois de ter incorporado tantos hábitos.

Pedi que o jantar fosse servido no quarto — nada de linguiça de St. Gallen no cardápio, nem precisava ter dito, mas um oxímoro chamado *cozinha hallal de luxo*.

Fui para a cama e, assim que adormeci, o aterro sanitário que servia como meu inconsciente não parou de despejar pedaços de sonhos incoerentes na minha cabeça: eu esperando Durex, meus pés afundando no asfalto superaquecido do verão, Philippe usando minha Magnum como arma de serviço e prendendo-a em volta do seu torso nu, o DNA engolindo um bocado de água, numa tentativa desesperada de manter seu corpo de salsicha flutuando na água gélida do lago, girando o rabo como uma hélice... Em resumo, levantei às cinco da manhã com limalhas de ferro na cabeça e uma vontade desesperada de conversar com alguém. Liguei para Philippe e então, envergonhada, mudei de ideia imediatamente. Ele me ligou de volta em seguida, mas não atendi. Saí para o jardim do hotel, que já estava movimentado devido à Al Fajr — a oração favorita do Profeta (*que a paz e as bênçãos de Alá estejam sobre ele*), que devia ser um homem matinal. Por conta disso, desci na direção do lago para dar um mergulho revigorante, mas isso também não deu certo, porque uma família de cisnes extremamente ameaçadores estava obstruindo o meu acesso.

Às seis, eu estava no café da manhã. Absorta, enquanto passava manteiga no meu Weggli, esse pãozinho em formato de bunda tipicamente suíço — escandalosamente haram, além do mais, *que merda essa administração catari está fazendo?*, pensei comigo, e fiquei rindo sozinha de novo —, eu me via caminhando ao longo do meu dia como se tivesse que rastejar de uma estação do calvário para outra.

Ao meio-dia, eu já estava no trem.

E a primeira coisa que me saltou aos olhos quando abri a porta do meu apartamento foi a nota de duzentos euros cor de banana enfiada na moldura de *A pequena colecionadora de fogos de artifício*.

A mensagem escrita nela de repente apareceu para mim na sua clareza e sua perturbadora precisão: *Daqui a uma hora você vai estar com fome de novo*, é o que dizemos para as crianças quando elas ficam comendo porcaria, exatamente a mesma conclusão a que eu tinha chegado ao final daquela estadia relâmpago na Suíça. Não era dinheiro para torrar o que eu precisava. Eu também não estava querendo exibir qualquer tipo de poder social. Não; eu só queria recuperar um pouco da inocência da pequena colecionadora de fogos de artifício. Entendi que não haveria endless summer enquanto eu não aniquilasse aquela angústia do dia seguinte que me habitava há tantos anos. Antes de gastar um centavo comigo mesma, eu precisava acumular uma quantia suficiente para que minhas filhas tivessem, cada uma, pelo menos um teto sobre a cabeça.

Até lá, então, eu vou ficar contando meus trocados como uma dona de armazém. *Aí a gente vê se eu vou estar com fome*, pensei comigo mesma.

6
CONVERSA NÃO COZINHA O ARROZ

Como boa comerciante, toda vez que abria a porta do meu depósito, eu ficava desesperada de ver o estoque emagrecer tão devagar.

Colette Fò, minha vizinha de andar, devia estar pensando mais ou menos a mesma coisa, pois parecia tão preocupada quanto eu quando nos cruzávamos com nossos respectivos sacolões no elevador. Decidi quebrar o gelo e ir direto ao ponto:

— Me diga uma coisa, senhora Fò, teria problema eu pagar o condomínio em dinheiro este trimestre?

A primeira decisão que os Fò tinham tomado quando ficaram em maioria no prédio foi mandar embora o síndico e administrar sozinhos todo o edifício.

Na verdade, eu nunca tinha notado como aquela criatura rabugenta era uma versão chinesa minha. Vestida igualzinho, com roupas cinza ou pretas de grife, sempre com uma sacolinha na mão, de pé às seis da manhã e nunca na cama antes da meia-noite, toda a família parecia depender dela sem que ela tivesse o suporte de um *senhor Fò*, que eu presumia morto ou preso em algum lugar. Era só olhar para ela para entender que ela também não gozava do capital que acumulava; e um capital considerável, pois era dona de pelo menos quatro bares-tabacarias-PMU ali nas redondezas e de não sei quantos apartamentos.

No instante em que ela pôs os olhos em mim, senti seu olhar me sopesando, como se para determinar minha utilidade a mais ou menos longo prazo:
— Senhora tem muito dinheiro vivo?
— Dá pra dizer que sim.
— Eu comprar seu apartamento por preço mais dinheiro vivo menos trinta por cento comissão.
— O apartamento vale quinhentos e quarenta. Então se eu der trezentos em dinheiro, a senhora compra ele por setecentos e cinquenta e fica com noventa, é isso? Noventa é muito, não? Lavagem é vinte por cento.

Nós também tínhamos isso em comum: eu sabia calcular bem rápido.
— Muito trabalho fazer dinheiro sumir.
— Vou pensar no assunto. É que noventa mil euros de comissão é muita coisa.

Cada uma de nós voltou para sua casa. Com a minha bolsa Hermès e os meus diamantes rosa eu tinha lavado quinhentos mil euros em potencial. A venda do meu apartamento iria acrescentar duzentos mil, mais o Viager em andamento... As coisas estavam começando a ganhar forma.

No fim de novembro, me enviaram uma nova série de traduções de um caso envolvendo quantidades de drogas muito maiores do que as que eu traficava com a minha gangue de imprestáveis. Eram uns tunisianos, uma parte deles com base nas Antilhas, que importavam cocaína da Colômbia e pagavam... em haxixe. Toneladas de haxixe. Mas eu não tinha coragem de entrar em contato com eles como eu tinha feito com Durex, pois o caso vinha do OCRTIS, e pensei que os caras que eu estava escutando podiam muito bem ter sido recrutados pela polícia para organizar entregas falsas.

Estavam fazendo coisas assim agora no OCRTIS, era moderno. Não existe polícia boa sem polícia baixa. Assim, era possível programar apreensões de droga em frente às câmeras de tevê e fazer os ministros posarem com cara de desgosto diante de montanhas de haxixe.

Tudo o que eu sabia era que aquele esquema permitia que alguns traficantes vivessem como príncipes sauditas com a bênção do Estado, o que acabava com todo e qualquer tipo de escrúpulo da minha parte — supondo que eu já tivesse tido algum — para fazer o mesmo. Mas era uma vergonha, se ainda assim pararmos para pensar, aqueles policiais pagos pelo contribuinte se refestelando no luxo junto com os traficantes.

Pelo menos, em relação ao meu business partner, eu estava totalmente tranquila. É verdade, ele comia no kebab da esquina, mas ninguém teria cogitado recrutá-lo para o que quer que fosse. Guardei aqueles tunisianos, contudo, num cantinho da minha mente. Na verdade, eu estava com ciúme, pois teria gostado bastante de fazer igual aos policiais: trabalhar com pessoas inteligentes em condições favoráveis. Aqueles caras tinham bom gosto, frequentavam hotéis de luxo, tratavam com respeito a namorada ou a esposa, que não eram umas coitadas e sem instrução que tinham vindo do bled, bem ao contrário dos retardados com quem eu tinha meus negócios. Não eram do tipo que pensa como os muçulmanos de miolo mole que *não se deve nunca deixar a barriga das mulheres sem criança e o lombo sem vara* — e era exatamente isso que eu achava muito suspeito quando escutava nos meus fones aqueles tunisianos. Porque Durex, para citar apenas ele (os traficantes eram, com raras exceções, todos iguais), mal tinha começado a conseguir alguma prosperidade e já estava pensando em acasalar. Ele tinha se aproximado da sua família marroquina para que encontrassem para ele, eu cito, *uma mina limpa que use niqab e leia o Corão.*

Eu tinha, enfim, os sócios que estavam ao meu alcance, os únicos que eram burros o suficiente para fazer negócios com uma mulher que apareceu do nada. Fosse como fosse, todos eles tinham trabalhado bem no verão e estavam se reaproximando de mim por SMS para encomendar duzentos quilos para 15 de outubro.

1 m = 2 x 40 + 20, não +, por 3,5 em 2x

Infelizmente, mesmo que toda vez eu especificasse que queria um táxi com porta-malas grande, não tinha como enfiar mais do que duas bolsas de viagem de quarenta quilos com rodinhas mais um sacolão com vinte quilos a granel.

Onde com as sacolas Tati, titia?, perguntou Durex, permitindo-se o gracejo...

Na Tati – vestidos de noiva, ao lado dos provadores, 17h15, respondi, no mesmo tom. Eu estava de bom humor.

Na manhã do dia da entrega, fui chamada com urgência pela Brigada de Repressão ao Banditismo para fazer o inventário do conteúdo de uma caixa, assim como de um disco rígido cheio de coisas escritas em árabe coletado durante uma busca e apreensão realizada na noite anterior na casa de dois ladrões que acabavam de ser presos. Eram dois sujeitos jovens especializados em invasão de domicílio de pessoas idosas, cujo modus operandi consistia em se passar por funcionários da empresa de fornecimento de gás para que abrissem a porta.

Me instalei em uma das salas e esvaziei a caixa, objeto por objeto, descrevendo, como tinham solicitado, tudo o que encontrei ali — a saber, o kit do perfeito ciberislamista.

1) Um texto em árabe intitulado *A solução: discurso proferido por Tamim Al Adnani*, um jihadista morto em 1989, depois de lutar contra a URSS no Afeganistão.

2) Um texto em árabe: *Da obrigação da jihad*, de Abdallah Azzam, apelidado de *o coração e o cérebro da jihad afegã*, morto em Peshawar, em 1989.

3) Um folheto: *O encontro*, com o subtítulo *Regras a seguir durante o recrutamento de um novo aspirante jihadista*. Autor desconhecido.

4) Um folheto: *Da legalidade das operações de martírio*. Autor desconhecido.

5) Um CD com um encarte contendo um texto escrito em árabe intitulado *Democratia* contendo um discurso de cento e vinte minutos do xeique Abu Musab al Zarkawi. O áudio do discurso era intercalado por disparos de armas de fogo e cantos jihadistas...

É por isso que eu recusava traduções de casos de terrorismo. Não era a primeira vez que eu fazia esse tipo de trabalho, e o que se encontrava na casa desses radicalizados de internet eram sempre as mesmas bugigangas intelectuais. Acham que o tradutor serve para desmantelar conspirações, mas talvez ele consiga colaborar com isso uma vez em mil, e as outras novecentas e noventa e nove traduções que ele faz dizem respeito a horas de exegese da palavra do Profeta (que a paz e as bênçãos de Alá estejam sobre ele) feitas por mongoloides incultos e radicalizados pela leitura do *Corão para leigos*. É simplesmente insuportável!

6) Um vídeo de dezesseis minutos mostrando jihadistas degolando soldados.

7) Uma coleção de hádices guerreiros intitulada *O Paraíso é a nossa recompensa*.

8) Duas fotos: Mahdi Al-Yahawi e Jaber Al-Khashnawi, inghimasi no atendado ao Museu do Bardo, em Túnis, afundados numa poça de sangue.

9) Um vídeo de Abu Mohammed Al-Adnani intitulado *Aos soldados do califado da Europa*.

Enquanto eu anotava meticulosamente tudo isso, com poemas cantados como fundo musical, um jovem policial com quem eu convivia fazia dois anos naquela delegacia — um rapaz simpático e atlético que acreditava no triunfo do bem sobre o mal e que cheirava sempre a chiclete de hortelã — veio me procurar. Em resposta ao seu olhar questionador, mostrei para ele a foto de Al-Baghdadi no CD, que para aquela ocasião tinha abandonado o look troglodita à la Al-Qaeda por algo mais moderno, aparando um pouco a barba e vestindo roupas pretas.

— São nasheeds, versões sem instrumentos...
— Desliga isso, por favor. Me dá um troço ruim...
— Não tem nada de assustador. São poemas islâmicos bem antigos que têm a função de orientar as pessoas nas suas escolhas diárias e são cheios de verdades.
— Parece aqueles negócios que eles passam nos vídeos de propaganda do Daesh.

Ele pegou minha lista e, depois de percorrê-la com os olhos, colocou-a de volta com um suspiro profundo. Um suspiro típico do século 21. As minhas filhas faziam igualzinho quando viam cadáveres de crianças jogados nas praias, florestas queimando, animais morrendo...

— Isso aí que você tá falando é o Salil Al-Sawarim... Pra tua informação, tem também uma versão súper prafrentex pra dança do ventre. Tem até uma com Alvin e os esquilos. É só uma música bem antiga com mais ou menos a mesma letra da *Marselhesa*... e bem mais light! — eu disse, tentando, sem sucesso, arrancar um sorriso dele. Continuei: — Sabe, um inventário é só uma figura de linguagem. Os resultados são sempre assustadores.

— Mas quando é que isso tudo vai terminar?
— Do que que você tá falando? Tem coisas muito mais preocupantes no mundo do que um punhado de losers com o cérebro infectado em busca de quinze minutos de fama, não acha? É só você pensar que eles acabaram de inventar um novo jeito de morrer, tão aleatório quanto o câncer ou os acidentes de trânsito.

As conversas comigo se tornam desanimadoras muito rápido.

— É o seguinte, vim procurar você porque estamos precisando de uma mãozinha. Nenhum desses babacas quer se comunicar em francês, e eles tão fazendo de conta que não entendem nada. Cinco minutinhos, só pra traduzir os direitos deles, depois a gente já encaminha pra DCRI.

— Ok, cinco minutos, mas vocês me pagam uma hora inteira, além dessa do inventário.

— Fechado.

Fui, então, me instalar ao lado de um dos dois islamistas ladrões de velhinhos. E enquanto eu assinava o auto que me designava como tradutora, o sujeito, se aproveitando de um segundo de desatenção do policial armado ao seu lado, pegou o revólver de serviço dele, atirou no policial, errou o alvo e então deu um tiro na própria cabeça, me deixando toda respingada com seus miolos.

Isso aconteceu num piscar de olhos.

Seguiu-se um momento de silêncio que me pareceu longuíssimo, como se o tempo tivesse parado, e de repente eclodiu uma barafunda histérica com gritos e lágrimas seguida por um balé de policiais vindos de todos os andares. Por último, chegou a equipe de apoio psicológico enviada pela prefeitura, que invadiu a delegacia como uma nuvem de gafanhotos.

Eu estava sentada numa cadeira, encurralada num canto, com pequenos pedaços de massa cinzenta ensanguentada grudados no ombro da minha camisa de crepe novinha em folha, comprada na expectativa de um jantar com Philippe, que eu ainda não tinha visto depois do seu retorno da África. E como ninguém me ofereceu nem sequer um copo d'água, acabei voltando para casa.

Feito um zumbi, coloquei meu casaco, meus óculos e meu hijab de patroa para ir para o trampo, e a partir daquele momento cometi uma imprudência atrás da outra, a começar pelo DNA, que levei comigo porque não tinha tido tempo de dar uma volta com ele.

Coloquei os cem quilos de haxixe no porta-malas do meu carro e estacionei umas três ruas depois. Dali, tentei pedir um táxi por telefone, mas, como não tinha nenhum disponível, comecei a fazer sinal para os que passavam na rua. Entre os que se recusavam a levar um animal e os que achavam minha bagagem muito grande, esperei trinta minutos para que um chinês me levasse, junto com minhas bolsas enormes e meu cachorro, rumo à Tati. Meu atraso me privava de qualquer possibilidade de reconhecimento do terreno, o que não era nada prudente. Às cinco horas e cinco minutos, meu motorista estacionou no Boulevard de Rochechouart, do outro lado da estação do metrô aéreo. No caminho, tentei ligar para Philippe para cancelar nosso encontro daquela noite por conta do que tinha acontecido pela manhã, mas caiu direto na caixa postal, então deixei uma mensagem. Pedi para o táxi ficar me esperando com meu cachorro mediante uma gorjeta gordinha, porque ele estava resmungando. Atravessei correndo o canteiro central, por baixo do metrô, assim como o Boulevard de Rochechouart, para ir buscar, como de costume, meus sobrinhos do outro lado, na Tati.

Às cinco e doze, enquanto eu subia a toda velocidade para a seção de vestidos de noiva, fui ultrapassada, praticamente empurrada, por Philippe e dois dos homens dele.

Dei imediatamente meia-volta para o táxi e liguei para Durex.

— Onde você tá?

— Tamos atrasados. Tá tudo engarrafado aqui no Boulevard de Rochechouart.

— Tá cheio de policial. Vou te esperar na parte alta do Boulevard, ali naquela praça. Deixa os teus amigos e vai correndo até lá com o dinheiro enquanto os outros fazem o retorno pra passar lá do outro lado e pegar a mercadoria.

Quando cheguei no táxi, o motorista chinês me encheu de osso por causa dos pelos que o DNA aparentemente estava deixando em cima do banco. Como não era o momento adequado para tentar argumentar, tirei o cachorro do carro e o levei comigo, ficando assim identificável em qualquer câmera de vigilância. Subi a rua na direção da praça e vi Durex chegar correndo com uma espécie de bolsa grande monogramada a tiracolo, que balançava sobre a barriga dele, onde supostamente estava o meu dinheiro. Sublinho esse *supostamente*, pois eu estava certa de que não tinha nada ali, uma vez que o DNA, especializado em detecção de drogas *e* dinheiro, teria percebido se ela estivesse cheia, como ele fazia em casa quando se via diante de grandes maços.

Não conferi, mas tenho certeza absoluta que aquela bolsa não continha os meus trezentos e cinquenta mil euros.

— Você trouxe a polícia junto.
— Não trouxe coisa nenhuma. Vamos, vamos logo.
— Nós não vamos pra lugar nenhum!

Eu não me mexi e fiquei olhando para ele.

Durex, a um passo de me bater, estava com os punhos cerrados. Em resposta, o DNA instantaneamente mostrou os caninos e começou a rosnar de um jeito bem impressionante.

O carro enfim chegou na parte alta do Boulevard.
— Acho que vamos ficar por isso mesmo, né?

Durex hesitou e então, furioso, foi se juntar aos seus quatro companheiros e eles desceram de volta pelo Boulevard de Rochechouart, passando na frente do meu táxi sem se aproximar, graças a Deus, do veículo que tinha me levado até lá com a droga.

Saí dali alguns minutos depois, refazendo o caminho de volta com meus cem quilos até o depósito.

A visita de Philippe, que eu não tinha conseguido cancelar, aconteceu em meio a esse nevoeiro. Ele apareceu na minha casa por volta das oito, com uma espécie de roseira em miniatura para comemorar o nosso reencontro, um pouquinho depois de eu chegar, e foi só quando o DNA começou a farejar os restos de cérebro na minha camisa de crepe que eu me dei conta que não tinha nem me trocado.

— Merda, a minha camisa já era.

Eu estava com a cabeça completamente vazia e meus ouvidos zumbiam. Fiquei olhando para Philippe e sua roseira anã. Ele estava vestindo, para *me levar para sair*, uma camisa e uma gravata tipo aquelas que você encontra soltas nos balaios, e nas costas dele eu já conseguia imaginar as manchas de suor em forma de asas de besouro. De repente ele apareceu para mim como o que era: um policial.

— Quer falar sobre isso?
— Sobre o quê?

Fiquei olhando para ele.

— O teu dia...
— Não, por quê?

Philippe assentiu gravemente com a cabeça. Uma pessoa racional tentando assimilar a irracionalidade do comportamento de sua interlocutora: *coitadinha, ela está em choque, ela se recusa a verbalizar o trauma*, pensava ele. Eu, enquanto isso, simplesmente encarava o acontecimento daquela manhã como sempre tinha feito com tudo, encaixando tal acontecimento no seu devido lugar numa lista mental de horrores; ao lado do episódio da corça de Bokassa, por exemplo.

— Me desculpa mesmo por não ter atendido a tua ligação, mas eu estava numa operação.

Diante da minha mudez e do meu ar alucinado, ele estava corajosamente quebrando a cabeça para encontrar alguma coisa para me dizer; então me contou da emboscada fracassada. Quando ele chegou na Tati, havia três sujeitos por lá, três marroquinos, vindos vai saber de onde, que estavam esperando Durex e a Patroa enquanto mexiam nos vestidos.

— Imagina seis caras na seção das noivas, três bandidos árabes e três policiais, enquanto um grupo de garotas ficava dando gritinhos quando a amiga saía do provador metida num vestido merengue. Um troço surreal. Ficamos circulando por ali, avaliando a situação. O flagrante já tinha ido pro saco mesmo, então fomos pedir os documentos deles. Três marroquinos do bled com passaporte em dia, tudo, alegando que estavam ali pra escolher um vestido de noiva. Meu cu! Tenho certeza que eles estavam esperando aquele miserável do Karim Moufti, que não se sabe de que jeito trafica um marroquino de primeira classe que Paris inteira tá comprando... E principalmente a Patroa, que importou não sei de que jeito ou surrupiou não sei de quem. Eu vi as gravações das câmeras do térreo, mas tinha tantas patroas em potencial que é impossível saber se ela apareceu no encontro ou não. Tô por aqui com esse caso. Pedi autorização pro juiz pra colocar um rastreador no Cayenne e agora vamos ficar de tocaia na frente da casa dele. No próximo encontro a gente prende todo mundo.

Até então, nas raras vezes em que Philippe se referia à Patroa, eu tinha a impressão de que ele estava falando de outra pessoa. Eu tinha consciência de que isso batia perfeitamente com o quadro clínico de psicopatia. Uma máquina de mentir, eficiente e sem sentimentos, capaz de agir num estado de compartimentalização moral completo. Mas naquela noite era diferente: quanto mais ele me contava sobre aquela prisão frustrada, mais eu tinha a impressão de que ele estava ocupando um lugar imenso no meu apartamento — como algo que iria crescer progressivamente e se tornar hostil. Devia estar dando para perceber, porque ele, preocupado, segurou meu rosto entre as mãos para me beijar. Eu, em troca, tentei juntar todas as minhas forças para retribuir o beijo, mas meu corpo estava tão pesado que eu não conseguia nem me mexer.

Ele fez um cafuné na minha nuca depois me deu um abraço bem forte.

— Que saudade de você, que saudade do seu corpo... Um mês, faz mais de um mês que a gente não se vê.

Ele tentou tirar minha camisa e eu simplesmente fui deixando rolar, como uma boneca de pano. O rosto dele estava meio vermelho, e eu podia jurar que ele estava ofegante. Então, de repente, diante da minha inércia, ele mudou de ideia.

— Olha, acho que eu tô abusando. Não é o melhor momento pra isso, né? Você precisa descansar depois de tudo o que aconteceu.

Ele me pôs na cama e eu peguei no sono instantaneamente.

Quando acordei, por volta das duas da manhã, tinha uma roseira anã amarela na minha mesa de cabeceira. Tentei voltar a dormir, mas a planta estava me impedindo, até que me levantei e fui jogá-la na lixeira do prédio.

Abordei aquele mês de outubro, então, extremamente preocupada.

Em *Les Éoliades*, pelo menos, reinava o sossego, apesar da minha mãe tiranizar a coitada da Anta, que eu remunerava a preço de ouro para me desculpar pelo que eu a forçava a sofrer no dia a dia. Do lado de fora, era outono. Chovia todos os dias, como nos planetas inóspitos dos filmes de ficção científica, enquanto na tevê os noticiários mostravam reportagens para ensinar as pessoas a fazer torniquetes em caso de um membro arrancado por uma bomba. Quanto à minha atividade como traficante, fiz Durex penar até confessar e pedir desculpas por ter tentado me passar a perna.

Eu ligava para ele todas as manhãs pelo WhatsApp — o telefone já era, pois, embora eu fosse boa em trocar uma palavra aqui e outra ali nas minhas traduções, arranquei os cabelos para conseguir adulterar a conversa na frente da Tati sem levantar suspeitas, a fim de que o leitor das transcrições pensasse que a Patroa não tivesse ido até lá.

Ele sempre atendia e começava a gritar, numa mistureba franco-árabe, que, por minha causa, os clientes dele estavam fazendo sua vida virar um inferno, mas, como ele se recusava a confessar e pedir desculpas, eu desligava na cara dele.

Ele aguentou uma semana!

— É o seguinte, estou na Avenue Henri Barbusse e tem policiais num Renault verde estacionado na frente da tua casa, e quando você sair vai ter alguém te seguindo...

— Como você sabe onde eu moro?

— Você me cansa com esse tipo de perguntinha besta... Deixei na tua caixa de correio um plano em francês que quero que você siga ao pé da letra. Mas estou avisando: qualquer desviozinho do programa, por menor que seja, acabou pra sempre. Consegue entender o que eu estou falando?

Eu falava com ele em árabe e, embora articulasse cada palavra como se estivesse falando com um deficiente mental, nunca tinha certeza se ele conseguia entender tudo.

— Sim, senhora.
— Então repete o que eu falei.
— Eu vou ler a folha e vou fazer exatamente o que tá escrito na folha, senão acabou...
— Acabou pra sempre. Repete.
— Pra sempre.
— Muito bem.

Grandes entregas como aquelas que fazíamos tinham se tornado impossíveis, porque o grupo estava sendo seguido regularmente. Em vez de trocar de carro e ficar brincando de gato e rato, tive a ideia de incluir as transações na rotina dos meus traficantes, para que a polícia, mesmo que os seguisse, não suspeitasse de nada.

O plano da Patroa era organizado, portanto, em torno de dois eixos: vamos ajudar a mamãe a fazer as compras e vamos queimar umas gordurinhas na piscina.

Quando a família Moufti planejava ir ao supermercado, sempre por volta das seis da tarde (horário que está mais cheio), Durex ligava para o telefone da Patroa uma hora antes, ou seja, às cinco, para que ela entrasse em ação. Se ela não podia, mandava a palavra "não" por WhatsApp.

Então ela ia para os hipermercados de Drancy, Bondy ou Romainville (nesses onde tem muitas mulheres de véu) e deixava no guarda-volumes uma sacola azul contendo dez quilos de haxixe escondidos debaixo dos legumes em troca de um cartão plastificado com um número. Ela empurrava seu carrinho enquanto Durex ou o irmão dele, pegando uma caixa de biscoitos Chamonix de laranja, deixava sob a caixa que estava embaixo um envelope com quarenta mil euros (voltei a cobrar quatro mil pelo haxixe para puni-lo: *Escuta aqui, senhor Moufti, desde que eu comecei a fazer o quilo a três e meio você me passa a perna, então entendi o recado; você acha que o preço está muito baixo*), além de outro cartão do guarda-volumes com uma sacola da mesma cor que também continha vegetais.

Por que especificamente Chamonix? Porque ninguém nascido depois de 1980 ainda come esse biscoito de formato improvável e sabor doce e porque a base da caixa é bem do tamanho de um envelope comum.

Então a Patroa pegava o envelope com o dinheiro, assim como o cartão da falsa sacola, ao mesmo tempo que pegava uma caixa de biscoitos (eu adoro Chamonix de laranja) e deixava no lugar o cartão do guarda-volumes, depois de sorrateiramente conferir o dinheiro. Ela continuava suas compras com calma, pagava no caixa e depois pegava a segunda sacola azul enquanto um dos dois filhos Moufti voltava até os Chamonix de laranja para pegar uma segunda caixa e, ao mesmo tempo, o cartão certo do guarda-volumes, além de qualquer outro item na mesma prateleira (eu insisti bastante nesse ponto para quebrar com o que poderia parecer uma rotina diante das câmeras de vigilância). Então, depois de passar no caixa para pagar seus biscoitos, bem como as compras da mamãe, ele pegava a primeira sacola azul com o haxixe.

Paralelamente, a família Moufti começou a fazer natação na piscina Georges-Hermant, no 19º Arrondissement, duas vezes por semana.

No armário 120, senha 2402 (um armário sempre vazio, por ser o mais distante do lugar onde se digita a senha), uma bolsa esportiva, dessa vez com quinze quilos, aguardava por seu futuro proprietário em troca de um envelope e uma bolsa esportiva vazia. Como não havia nenhuma câmera nos vestiários, a Patroa nadava com sua touca e seus óculos em completo anonimato e cruzava pelas raias da piscina com duas grandes focas disformes e congeladas, a saber, Durex e seu irmão. Era inverno, fazia um frio de rachar. Eu adoro água fria. Eles não. Era engraçado.

Resultado nos hipermercados: outubro, três entregas; novembro, sete; dezembro, sete; janeiro, quatro. Na piscina: outubro, duas; novembro, oito; dezembro, oito; janeiro, quatro.

Depois de duas entregas, como tudo estava andando muito bem, baixei de novo o preço para três mil e quinhentos o quilo.

Total: quinhentos e quarenta quilos — mas que trabalheira! E isso que eu só embalava e entregava, enquanto eles cortavam, pesavam, acondicionavam, vendiam, recolhiam o dinheiro, procuravam novos clientes, trocavam por notas grandes, lavavam... Eles apresentavam umas caras lastimáveis, e dessa vez estavam realmente perdendo peso. Quando os magistrados chamam os traficantes de preguiçosos, eles não entendem absolutamente nada do enorme trabalho envolvido no comércio de drogas.

Eu presumia que, durante esse tempo, Philippe estivesse arrancando os cabelos. As poucas interceptações telefônicas que eu tinha para traduzir davam a ideia de um tráfico de drogas comum, com cinquenta quilos por semana sendo colocados no mercado. Se ele não se decidia a interrogar Durex e seus coleguinhas, que, ao que parece, eram cada vez mais numerosos, levando em conta a quantidade de gente necessária para aquele tráfico, é porque ele continuava correndo atrás da Patroa, e isso estava deixando ele maluco. Embora tivesse analisado incansavelmente os relatórios de buscas, chegando ao ponto de assistir em loop as câmeras de segurança dos locais frequentados pelo grupo, ele não conseguia encontrar nada.

E então, em meados de janeiro, houve uma série de acontecimentos estranhos.

No dia 10, logo após uma das minhas transações na piscina (eu me lembro muito bem da data porque todo o grupo de Durex acabou sendo preso no dia 20 de janeiro), eu tinha um encontro com a filha Léger em frente à loja BHV para pagar a parcela mensal do apartamento. Tomamos um café juntas, dissemos cobras e lagartos da diretora do asilo, e eu peguei vinte mil euros do envelope para entregar para ela. Em seguida, fui com os trinta e dois mil e quinhentos restantes para dentro da loja, onde eu tinha hora marcada com uma manicure, a primeira em vinte e cinco anos.

Eu estava numa alegria só: minhas unhas iam ser rosa-bebê, azul-marinho ou verde-anis? Essa pergunta me atormentava deliciosamente fazia uma semana.

Pode ter sido o cheiro do esmalte ou o cansaço da natação, o fato é que caí desmaiada do alto da cadeira do Nail Bar e fiz um corte na cabeça.

Os socorristas me levantaram com o rosto ensanguentado e me levaram para o Hôtel-Dieu; ao mexerem na minha bolsa para procurar algum documento de identidade, eles deram de cara com o envelope. Quando voltei a mim, me perguntaram se algum familiar podia ser chamado para ir buscar minhas coisas, pois eu estava em estado de insuficiência cardíaca e eles tinham que me manter ali para eu ser atendida por um cardiologista.

Quando ouvi as palavras *chamar um familiar*, arranquei como uma possessa todas aquelas coisas grudadas no meu peito e me levantei só de calcinha num estado de pânico total.

— Estou muito bem, me devolvam as minhas coisas!
— Nós não podemos deixar a senhora sair.
— Mas é claro que podem! Você só tem que me informar sobre as consequências da minha escolha de sair, então está feito, fui informada. Fui perfeitamente informada. Agora me traz os papéis pra assinar e me devolve as minhas coisas.

O residente me olhou de um jeito ultradesconfiado e me entregou a bolsa com uma mão. E o envelope com a outra.

— Sim, você encontrou um envelope com trinta e dois mil e quinhentos euros em dinheiro... Qual é o problema? Você está querendo explicações enquanto eu claramente não tenho a obrigação de dar nenhuma. Vamos logo, me dá isso daí! — E arranquei o envelope das mãos dele.

Saí do hospital tão dignamente quanto podia e voltei para casa de táxi.

Quer dizer que eu também tenho um coração que está querendo enguiçar, pensei quando cheguei em casa e, porque eu tinha realmente mais o que fazer, tomei essa informação pelo que ela era — a saber, uma advertência para o futuro, nada mais.

Até onde lembro, sempre vi meu pai com suas *gotas para o coração*. De tempos em tempos, eu o via sentar, sem fôlego, num banco. Uma gota, duas gotas... E pronto, ele recomeçava, como o coelhinho da Duracell com as pilhas recém-trocadas. Por volta dos sessenta anos, porque as famosas gotas já não surtiam mais efeito, recomendaram que ele colocasse um marca-passo, mas ele recusou.

Foi diante de uma bandeja de frutos do mar no La Coupole, no Boulevard du Montparnasse, enquanto engolia ostras com sofreguidão, que ele nos anunciou sua decisão de se retirar da vida, do mesmo jeito ele teria dito que iria se aposentar dos negócios. Ele já tinha começado a dissolver a Mondiale e a dividir seu patrimônio entre todos os funcionários. Da mesma forma, ele tinha acumulado no cofre um enorme tesouro em Krugerrands, essas lindas moedas de ouro sul-africanas de uma onça, a mais de mil euros por unidade, cunhadas com uma cabra-de-leque, destinadas a garantir a segurança financeira da minha mãe. Quanto a mim, já que a vida tinha me dotado de um marido excepcional, ele decretou naquela noite, em sua imensa clarividência... Pois bem, que eu não precisava de nada!

Atropina.
Eu me dava conta de que fazia um ano que eu tinha dificuldade para subir uma escada sem ter que parar para recuperar o fôlego. *Mas pra que me preocupar com subir uma escada*, eu pensava comigo, *se eu passo os dias na frente da tela do computador?*
Foi só a partir do momento em que comecei a carregar sacolas de haxixe de um lugar para outro que meu coração lento demais se tornou um problema. Minha consulta com o cardiologista apenas confirmou o que eu já sabia.

Quando não tem mais jeito de trabalhar nem de se divertir, é melhor cair fora, nos disse meu pai naquela noite.
No entanto, ao vê-lo devorar aquelas ostras com o apetite de um ogro, era difícil acreditar que ele tinha programado a própria morte. Na verdade, já fazia uns quinze anos que ele vinha ruminando esse projeto. Desde o caso de Martine, na verdade. Foi a partir daquele momento preciso que a vida começou a se tornar desinteressante para ele.

Martine era uma filha de militar, loira e de olhos verdes, aprendiz de cabeleireira, que teve a péssima ideia de morrer aos dezessete anos, em agosto de 1969, de overdose, no banheiro de um cassino em Bandol. A morte dela foi seguida por uma campanha histérica, orquestrada pelo deputado gaullista Alain Peyrefitte, que apontava o dedo para o consumo de haxixe, LSD e heroína, responsáveis por todos os males: a pornografia, a homossexualidade, as minissaias, a degeneração da juventude e a degradação dos costumes em geral. Em resumo, a baderna de maio de 1968. Essa guinada à direita levou à aprovação de uma lei que criminalizava a importação e a venda de drogas, o que, até então, não representava problema para ninguém, visto que a french connection fornecia 90% da heroína americana. A Mondiale perdia, assim, seu ramo de atividade mais rentável.

O segundo grande golpe no seu moral veio em 1974, com a independência do Djibouti. Esse enclave francês para onde ele ia sempre que tinha um tempinho e onde havia montado escritórios o lembrava da sua Tunísia colonial. Na época da presença francesa no seu território, o Djibouti era (e continua sendo, aliás) um ninho de corruptos, de bancos que lavam dinheiro, de bordéis para soldados, de tráfico de contêineres cheios de armas com destino à África, de álcool e cocaína com destino ao Golfo Pérsico. Operavam ali principalmente corsos, italianos pieds-noirs e libaneses que conheciam meu pai e entre os quais ele se sentia absolutamente em casa. Ele fez muito dinheiro por lá, mas também perdeu bastante com a independência, porque, num domingo, eu o vi queimar furiosamente, na cova das folhas da Propriedade, sacos e mais sacos de notas de francos do Território Francês dos Afares e Issas.

Perder sua terra pela segunda vez já era demais; ele nunca mais foi o mesmo depois disso. Os limites de velocidade na autoestrada lhe custaram seu Porsche, de tanto correr a duzentos e sessenta quilômetros por hora. Por conta disso, ele se viu obrigado a comprar um carrinho ridículo de representante comercial, cinza, cor de pedra, que o deixava triste só de olhar para ele e no qual minha mãe embarcava fazendo cara de nojinho... E depois teve a chegada da esquerda ao poder em 1981, o imposto de solidariedade sobre as fortunas, a jornada de trinta e nove horas semanais, a aposentadoria aos sessenta anos, a chegada da chamada ordem pública de proteção, visando defender os mais fracos dos grandes predadores como ele — esse tipo de homem que, por ocasião de uma mera fechada no trânsito, era capaz de arrancar um motorista através dos vinte centímetros do vidro aberto e nocauteá-lo com uma cabeçada.

Ou você se adapta, ou morre. Viver num país dirigido por professores donos da moral — a certa altura, ele preferiu acabar com isso.

Depois de se despedir de nós duas, naquele famoso dia de 1986 no La Coupole, ele partiu para o Djibouti e lá, porque gostava do Mar Vermelho, de veleiros de madeira e dos livros de seu amigo de infância Henry de Monfreid, ele soltou as amarras. Foi encontrado dois meses depois, morto, sentado no convés do seu barco, com o corpo voltado para o sol.

Ele não se suicidou; ele se deixou morrer a seu bel--prazer e no seu ritmo. Nós entendemos e não choramos.

O segundo acontecimento... Eu ainda custo a acreditar... Uma reviravolta como a que eu tinha esperado em vão durante vários anos.

Aconteceu em *Les Éoliades*.

Desde que tinham colocado o senhor Léger no nosso andar, ele dava uns gritinhos para chamar sua esposa toda vez que ela passava pelo quarto dele; um barulhinho súper irritante que lembrava o som que os filhotes de lhama fazem para chamar a mãe. Um mmmmmm fraco e interrogativo. Horrível!

Ela ficava ali, olhando para o marido, às vezes estacionada por longos momentos diante da porta dele, mas, por mais que o coitado do homem lhe fizesse gestos largos na bruma espessa das suas lembranças, isso não evocava nada para ela, de modo que, a certa altura, ela voltava ao seu passeio de andador pelos corredores, já esquecida do motivo que a tinha feito parar. Era isso que o fazia chorar, volta após volta, o dia inteiro. Eu já tinha dito várias vezes para os irmãos Léger que a ideia de colocar os dois no mesmo andar era ruim, mas eles achavam mais prático para as visitas e supostamente benéfico para o pai ver a esposa.

No dia 20 de janeiro, por volta das oito da noite, enquanto as auxiliares de enfermagem estavam ocupadas colocando todo o andar para dormir, ouvi no quarto do senhor Léger um barulho inabitual seguido do famoso mmmmmm, mas dessa vez era contínuo e cantado.

Como eu estava muito preocupada — pela manhã, no Monoprix de Romainville, eu não tinha encontrado nenhum envelope sob meus biscoitos Chamonix de laranja e meu haxixe não tinha saído do guarda-volumes

—, acabei não dando muita bola. Além disso, minha mãe estava particularmente irritante naquela noite, exigindo uma Coca Light *bem gelada*, e não aquela *fresca* que ela se recusou a beber e derrubou no chão de propósito. Depois de secar o piso, saí do quarto dela para ir pegar outra latinha na máquina e passei absorta pelo quarto do senhor Léger, sem olhar de fato para dentro para saber por que ele estava cantarolando sem parar havia vinte minutos. Quando voltei com a lata, uma auxiliar de enfermagem gritava por ajuda. O senhor Léger estava terminando de estrangular a esposa entre seu braço e seu antebraço válidos. A funcionária tentava soltá-la mas não conseguia, de tão firme que ele apertava o pescoço da esposa. Quando cheguei no quarto, era tarde demais para dar qualquer ajuda à moça; a senhora Léger já estava morta.

Eu realmente achava que, com minha mãe, eu tinha chegado nos confins do Inferno da Velhice; era preciso admitir que não, pensei comigo enquanto observava o velho assassino cantarolar.

— Ikh vil ein coca! — gritava, no quarto ao lado, minha mãe, que, por sua parte, continuava ali.

Houve um terceiro acontecimento, dessa vez na escadaria do meu prédio.

No último sábado daquele inesquecível mês de janeiro, minha vizinha de andar casou a filha de vinte anos com o esbanjamento de dinheiro que imaginamos nos casamentos chineses. Limusine branca estacionada na frente do prédio, abundância de flores no hall de entrada e na escadaria, digna de um chefe da máfia...

As famílias subiam e desciam já fazia algumas horas para prometer lealdade e entregar um envelope cheio de dinheiro para a senhora Fò, que recebia todos com a porta aberta.

Em determinado momento, ouvi gritos. Pelo olho mágico, vi um grupo de quatro negros ultrarrápidos e violentos ir para cima dos poucos convidados presentes para arrancar suas bolsas a socos, sem hesitar em bater nos velhos e nas mulheres, para avançar até o tesouro da senhora Fò. Três deles conseguiram entrar na casa da minha vizinha para roubar todo o dinheiro dela, enquanto o quarto ficou vigiando, de costas para a minha porta. Num reflexo, peguei minha arma, saí e apontei o revólver para a mandíbula do homem negro mais próximo de mim, um moleque que mal tinha quinze anos e que ficou me encarando com os olhos arregalados. Tudo congelou de repente. Gritavam em chinês por todos os lados. Eu não entendo essa língua, mas sabia que todos queriam que eu atirasse.

— Devolvam as bolsas e desapareçam daqui antes que eles fechem as portas e vocês não saiam nunca mais.

E eles foram embora correndo.

Eu tremia feito vara verde, mas a senhora Fò não. Ela ajeitou a roupa e me agradeceu com sobriedade.

— Não é primeira vez. Ninguém gosta chineses. Polícia não ajudar nunca nós. Obrigada.

E cada uma de nós voltou para a sua casa.

Para citar aquele provérbio chinês um tanto hermético: *conversa não cozinha o arroz*.

O coitado do senhor Léger foi indiciado por homicídio doloso e colocado sob supervisão judicial por ter abreviado, do jeito que podia, a decadência de sua amada esposa (por que este país é tão desprovido de qualquer senso de ridículo?).

Como ele se recusava a comer, acabou sendo expulso de *Les Éoliades* pela diretora e foi ficar aos cuidados da enfermeira Ratched, que o entubou à força para alimentá-lo, até acabar perfurando o esôfago dele.

E depois, em meados de fevereiro, estava esperando por mim, na minha caixa de correio, a cópia da escritura do apartamento da Rue Monge. Eu tinha pagado sessenta mil euros por um imóvel que valia setecentos mil.

Quando abri o envelope, sentei ali mesmo, no chão do hall de entrada, sem fôlego, como se tivesse terminado uma longa corrida. Eu tinha conseguido, por força do trabalho e das viagens à Suíça, reconstituir o tesouro do meu pai ao converter mais de dois milhões de euros em diamantes rosa, e era proprietária de dois apartamentos, um para cada uma das minhas filhas. Agora eu podia parar.

A-filha-Léger-dos-olhos-cintilantes-por-dinheiro, entendendo que a compra do apartamento estava liquidada e que ela não teria um centavo de herança, não queria mais me deixar em paz, de modo que tive que ligar para o irmão dela para acabar com o assédio.

— Eu quero que ela pare de me ligar pra ficar me chamando de ladra suja!

— Eu disse pra ela deixar quieto, mas ela não me dá ouvidos.

— Olha aqui, eu sou uma pessoa honesta e aposto, conhecendo bem a polícia, que você deve ter feito uma investigaçãozinha sobre mim... Eu não tenho que aturar isso, principalmente porque, no meu caso, a minha mãe continua lá. Conto com você pra dar um jeito nisso, senão vou ser obrigada a fazer uma denúncia.

— Sim, sim, sim. Eu vou resolver isso — disse ele, suspirando.

— Eu não sou um monstro e estou disposta a fazer um gesto de boa vontade, com a condição de que você resolva isso. Abra uma poupança no nome dos seus sobrinhos e vou dar vinte mil euros pra cada um, pra financiar os estudos deles. É o máximo que eu posso fazer.

— Já é muito. A senhora é uma boa mulher!

Sim, sim, eu sei, eu sou uma boa mulher.

E foi isso. Durex, Momo, Lagarto, Sucrilhos e os outros — minha gangue — foram todos presos. Fiquei sabendo disso por Philippe, que tinha me convidado para passar um fim de semana em Le Touquet com o filho dele. Foi ótimo para mim. Tudo era ótimo para mim, aliás. Eu estava nas nuvens.

Philippe e eu não ficamos no mesmo quarto, apenas jantamos e nadamos juntos na piscina do hotel. Sem mentira: eu fiquei muito feliz ao longo desses dois dias passeando com o DNA na praia e fazendo de conta que tinha uma família.

Minha mãe, que tinha ocupado o planeta por noventa e dois anos, finalmente morreu, em 28 de março de 2017. Anta, com a melhor das intenções, tinha pintado os cabelos grisalhos dela para fazer uma espécie de auréola em torno da cabeça. Era ridículo. Estávamos nós três, eu e minhas filhas, em torno da cama olhando para ela e, num determinado momento, caímos na gargalhada.

    Sei que, apesar de tudo, elas estavam tristes, pois amavam muito a avó. Não posso negar que ela sempre esteve lá para cuidar delas na época em que eu trabalhava quarenta e oito horas seguidas sem colocar os pés em casa. Num turbilhão de vestidos com babados, ela torrou uma parte do dinheiro que meu pai tinha deixado levando as duas de férias para o outro lado do mundo e comprando para elas todas as roupas que eu não dava. Tudo o que elas fizeram de divertido durante a infância, fizeram com ela, enquanto eu estava ocupada, batalhando para não afundar. Supondo que ela fosse capaz de sentimentos, acho que ela as amava cem vezes mais do que me amou, eu, sua única filha, a quem ela acusava de ser inimiga da sua alegria e de personificar a dureza da vida. Vão para o inferno, Patience e todas as suas desgraças, o espetáculo da sua tristeza me ofende. *Tudo isso é uma chatice, então vamos aproveitar as ofertas!* Ela foi uma mãe egoísta e bastante injusta.

Como na nossa família nós não temos nem terra, nem jazigo, ela queria ser cremada e depois ter as cinzas jogadas em alguma loja de departamento.

    Então as meninas e eu realizamos sua última vontade escolhendo as Galeries Lafayette. Terminada a cerimônia no crematório, nós dividimos o conteúdo da urna entre nós. Eu fiquei encarregada de espalhar a minha parte nas butiques dos estilistas favoritos dela. Se na coleção primavera-verão 2017 vocês tiverem encontrado algum pó cinza ou uns pedacinhos esquisitos no fundo dos bolsos dos tailleurs das marcas Dior, Nina Ricci ou Balenciaga, era a minha mãe. Quanto às minhas filhas, eu vi as duas lado a lado despejando suavemente o resto a partir da balaustrada, sob a cúpula de vitrais, acima da perfumaria.

Para terminar, fomos encher a barriga na casa de chá Angelina, que fica na seção de sutiãs.

Nenhuma celebração teria sido mais girly que essa; ao menos uma vez ela teria ficado satisfeita.

Aproveitando a morte dela, lavei uma parte do meu dinheiro com a função da herança e aceitei a oferta de Colette Fò para comprar meu apartamento. Apesar do meu ato de bravura, ela não me fez nenhum abatimento, mas disse essa frase, que me fez cair o cu da bunda:

— Pode deixar droga no porão até achar outro lugar.

Fiquei sem palavras.

— Eu achava que a senhora nem me visse — consegui balbuciar.

Ela sorriu para mim:

— Nós no prédio chamar senhora *fantasma*. Mas senhora menos fantasma que antes. Muito menos.

Ela me convidou para tomar um chá e me contou um pouco da sua vida. Era sete anos mais nova do que eu e vinha, como muitos dos chineses de Belleville, da província de Wenzhou, um pequeno porto de oito milhões de habitantes a quatrocentos quilômetros de Xangai. Ela não era viúva coisa nenhuma, como eu tinha imaginado, e havia, em algum lugar da China, um senhor Fò, que ela nunca via e que fabricava peças de reposição automotiva falsificadas que ela repassava para oficinas mecânicas, daí os sacolões plásticos azul-branco-vermelho de duas toneladas que ela carregava junto comigo no elevador. Além disso, a família dela tinha uma fábrica de cabelos sintéticos que produzia extensões importadas na França e revendidas para os africanos de Paris, que também, por sua vez, as revendiam nos seus países de origem. Cada centavo ganho na China, na África ou na França era reinvestido em licenças de bares-tabacarias-PMUs, grandes máquinas de lavagem de dinheiro, e depois em imóveis.

Ah, então vocês nos chamam de metecos, rastaqueras, estrangeiros... Tremei, pessoas de bem, pois nós vamos esmagar todas vocês!

Ela tinha chegado havia doze anos, juntando-se a um tio distante que já morava no nosso prédio. Tinha duas filhas: uma nascida na China, que estava agora com vinte e poucos anos e que ela não tinha visto crescer, e outra nascida na França, de doze anos, que ela teve quando emigrou grávida. A partir do momento em que obteve sua naturalização, ela foi pouco a pouco trazendo toda a família, incluindo primos e idosos. Tinha escolhido seu nome meio ao acaso, porque Colette era a única autora francesa mulher que ela havia conhecido em Wenzhou, quando estudou a nossa língua por um ano.

Era uma mulher muito simpática, e eu fiquei me odiando infinitamente por não ter tratado de conhecê-la antes da minha mudança.

Contei minha vida para ela com confiança absoluta, pois sua trajetória era bastante parecida com a da minha família. Ela me fez umas perguntas sobre meu trabalho como tradutora, e nós descobrimos um inesperado ponto em comum, a saber, que nós duas ganhávamos nossas vidas lidando exclusivamente com árabes. Seu sonho a longo prazo era entrar no mercado do Magrebe com as suas peças de reposição. Comigo, que falava a língua e que tinha provado minhas qualidades de comerciante, ela via se desenhar uma parceria promissora. Como prova de amizade, dei para ela a arma do meu pai, depois de fazê-la prometer que ela própria não iria usá-la, mas dá-la para um guarda-costas a fim de proteger a comunidade na próxima festa. Por fim, descemos até o depósito para carregar para uma antiga sala de caldeiras o que restava do meu estoque, que eram exatamente quatrocentos e sessenta e três quilos de haxixe, levando em conta as amostras que eu tinha distribuído.

— Senhora fazer o quê com isso?
— Não sei. Não conhece ninguém que possa estar interessado? Eu não preciso mais; já tenho dinheiro suficiente pra minha família, que é pequena.
— Droga, na China, pena de morte. Só problema.
— Vou me livrar disso então.

Com o dinheiro da venda do meu apartamento para os Fò, comprei mais um na Rue Monge, no mesmo prédio que o dos Léger, para o qual me mudei. E numa manhã de junho, saí de Belleville.

Philippe me ajudou a encaixotar minhas coisas e a levá-las para o caminhão de mudança.

Quando estava quase tudo carregado, nós estávamos mortos de cansaço, e eu fiz um café para ele. Sentamos nas duas caixas que sobravam, com o DNA nos nossos pés, e contei para ele, com uma pitada de nostalgia, sobre os vinte e seis anos que tinham se passado entre aquelas paredes. Em certo momento, ele se levantou e foi dar uma olhada nos meus armários.

— Se tá procurando colheres, eu esvaziei tudo, elas já foram.

— Tô com fome, só queria uma coisinha pra beliscar.

E então ele abriu um armário onde eu tinha esquecido umas quinze caixas de Chamonix de laranja.

Gelei.

Ele abriu uma, feliz da vida, e passou para mim:

— Parece que você gosta mesmo desses biscoitos, hein?

— Era pra eu ter feito um tiramisù de laranja um dia desses, pra uma festa de uma das minhas filhas, e acabou que não fiz, aí fiquei com isso tudo encalhado e agora tô tentando terminar caixa por caixa antes que passem da validade.

Ele bebeu o café em silêncio, e eu vi a expressão dele mudar.

Segui fazendo as minhas coisinhas, como se nada tivesse acontecido.

— Sempre me perguntei quem comia Chamonix de laranja. Que biscoito mais horroroso — ele disse baixinho.

Como numa experiência de quase morte, repassei mentalmente todas as pistas que eu tinha deixado atrás de mim. Eu tinha me olhado mil vezes quando passava nas vitrines e sabia que, nas imagens das câmeras de segurança, eu estava irreconhecível travestida de Patroa. Meus parceiros não tinham como me reconhecer, a não ser talvez pela minha voz, mas meu tom autoritário numa língua diferente do francês dificultava bastante a identificação. Também não dá para esquecer quem são os grandes intelectuais de que estamos falando! Eu só tinha saído de táxi e, ainda assim, nunca da frente de casa. Quanto às trocas em hipermercados, tirando essa história dos biscoitos, não tinha nada que me deixasse identificável. Tinha apenas um dia, aquele da trapalhada na seção de noivas da Tati, que podia me derrubar, pois, em algum momento, numa gravação de câmera de rua, há quatro meses, dava para ver o DNA ao meu lado sendo levado pela coleira. Tinha também uma tradução adulterada de uma escuta telefônica, mas eu tinha mexido na coisa de modo a fazer que pensassem num problema de compreensão, e não numa adulteração do que eu tinha escutado. Assim que soube que Durex e seu grupo tinham sido presos, joguei fora todos os meus disfarces e a minha contadora de cédulas. Eu só tinha manejado o haxixe usando luvas; haxixe impossível de encontrar, escondido num recanto chinês do porão do prédio. Minha lavagem de dinheiro tinha sido impecável, e não seria o beneficiário da minha generosidade, estou me referindo ao senhor inspetor Léger, que iria dizer o contrário. Quanto às minhas viagens à Suíça, eu tinha comprado as passagens sempre em dinheiro, direto no guichê da Gare de Lyon, usando uma identidade falsa. E no que diz respeito aos meus diamantes rosa, boa sorte, que tentassem encontrá-los: eles estavam aglomerados no batom e enfiados no meu estojo de maquiagem. Não, não importava o quanto eu pensasse, não tinha nada além daqueles biscoitos açucarados com os quais Philippe estava se engasgando.

— O que que houve? Já estão estragados?

Ele me encarou como se achasse que podia sondar o meu cérebro.

— O que foi? — eu disse, dando uma risadinha.

Foi esse exato momento que o DNA escolheu para deitar a cabeça na coxa dele e pedinchar um carinho. E aí, num piscar de olhos, ele mais ou menos entendeu como eu tinha me virado para conseguir mercadoria para vender, aceitou que não teria como provar e decidiu que não faria nada a respeito.

Lamento muito, meu pobre Philippe, por essa pequena morte que eu estou te infligindo... Mas se você fosse só um pouquinho menos honesto...

— Vou pra casa, não tô me sentindo muito bem — ele disse.

E foi um homem que, numa fração de segundo, envelheceu de um jeito avassalador que eu vi sair do apartamento e da minha antiga vida.

Ele nunca mais me ligou. Nem eu.

O fim da minha aventura não tem mais nada de muito interessante, mesmo que tenha resultado num assunto de Estado.

Para desfazer dos quatrocentos e sessenta e três quilos de haxixe que me restavam, contatei os tunisianos seguidos e grampeados pelo OCRTIS, explicando que eu tinha conseguido o número deles com um amigo de um amigo do meu suposto filho, que estava escondendo haxixe no seu quarto, do qual eu queria me ver livre a todo custo. Coloquei toda a minha mercadoria num Utilib', um Autolib' utilitário, alugado com o cartão de um chinês morto, e foi uma velha patroa lamurienta e mal arrumada que, dessa vez, foi ao encontro deles.

— O meu filho... O pai dele, sabe, ele foi assassinado pelo GIA... Eu crio ele completamente sozinha, e ele não me escuta... Não escuta nada que eu falo!

Eu era tão persuasiva que os sujeitos ficaram realmente preocupados comigo.

— Não tô nem aí se ele me matar, mas, enquanto eu estiver viva, ele não vai pra cadeia por causa de droga. Antes disso tudo ele ia bem na escola, ele era educado... Vamos logo, levem tudo, não quero mais saber disso dentro da nossa casa!

Eles ficaram de bico calado e foram embora com o meu haxixe, o carro tão carregado que as saias laterais estavam quase arrastando no chão. E eu fiquei observando eles se distanciarem, completamente aliviada.

Uma semana depois, eu era convocada pelo juiz de instrução, que queria inquirir o motorista dos Benabdelaziz. No corredor, sentado e algemado, ele esperava por mim, sua tradutora designada.

— Tenho certeza de que foi você que pegou a nossa mercadoria...

— Eu? E o que é que eu ia fazer com aquilo? Mas, por outro lado, eu fiz a minha investigação. Eu escutei muitos traficantes. Levou um bom tempo, mas agora eu sei quem foi que ficou com ela, e acho que eles deviam pagar pelo que fizeram, porque eu gostava muito da Khadidja. São uns tunisianos. Tenho o nome, o endereço, o número de telefone deles... Posso passar tudo pra você.

E foi isso.

Foi um estrago para os traficantes-informantes-policiais. Mortes. Policiais em cana. Um escândalo enorme. Eu tinha um faro apurado: aqueles caras eram de fato híbridos de traficantes criados pelo Gabinete Central para a Repressão de Entorpecentes.

O resto da história está nos jornais, e ela fez barulho suficiente para que eu não tenha que repeti-la.

Não existe polícia sem polícia baixa, dizem. Pois então que esses traficantes funcionários públicos sintam o peso da lei dos seus pares.

MAMBO

E amanhã?

Pois então, é meio desnorteante; todas essas vidas se apresentando para mim, um futuro totalmente em aberto. Posso voltar para a França para trabalhar com a senhora Fò, esperar até ser avó e ir ao parque com os meus netinhos para vê-los se pendurar no trepa-trepa... Ou então, como uma planta arrancada ao sabor do vento, rolar de um fogo de artifício para outro até ficar enganchada em algum coisa, quando já estiver bem seca. Também posso fazer como minha mãe, bancar a mulher falsamente ocupada, comprar um monte de coisas inúteis, tocar nelas, me cansar delas, jogá-las fora, devolvê-las, revendê-las; estar sempre apressada porque as lojas estão fechando... Ou quem sabe fazer como meu pai, me abster de cuidar de mim e morrer afogada no rosa do céu de um final de dia como este... Ou simplesmente viver para mim mesma e pelo prazer de me ver viver.

Vamos ver. Digamos que, neste momento, eu estou em repouso sazonal.

Vim para o único lugar do mundo onde eu era esperada, Mascate, no Sultanato de Omã. Fiquei no hotel onde minha vida saiu dos trilhos como a agulha de diamante de um toca-discos que pula de um sulco para outro, de uma melodia suave para um refrão assustador e, ao contrário do palácio da pequena colecionadora de fogos de artifício, este aqui não mudou nadinha.

O que eu gosto, acima de tudo, nestes dias, é de arrastar minha cadeira o mais perto possível da janela que dá para a baía. Posso ficar várias horas contemplando o quadro perfeito de cores formado pelo carpete rosa do meu quarto, a guarnição de madeira clara da janela panorâmica e o sol que, como uma bola laranja, se afoga na luz azul. Isso me deixa plena.

Agora é hora de ir, antes que fique muito escuro. Tive que esperar o cair da noite, porque o caminho até o Petroleum Cemetery é meio longo e o DNA, que está ficando velho, não gosta de calor.

Meu marido e eu, no fim das contas, nos conhecemos pouco, e já faz tanto tempo... Mas acho que ele teria gostado da mulher que eu me tornei. Encomendei uma queima de fogos de artifício para esta noite. Eles vão ser disparados apenas para ele e para mim. Paguei uma nota. Escolhi estrelas prateadas e explosões esféricas, que vão incendiar o céu do deserto com enormes crisântemos cor-de-rosa com o miolo laranja.

Uma historinha para o final.

Aconteceu numa noite durante uma viagem que fizemos juntos para Valparaíso. Entramos num cabaré completamente vazio, o Club Cinzano, com sua decoração kitsch e ultrapassada, onde os velhos integrantes de uma orquestra de música tropical estavam dormindo, desabados nas suas cadeiras, diante de mesinhas vazias enfeitadas com velas. De repente, aquele que devia ser o líder do grupo, um velhinho com o cabelo tingido e um corpo arqueado pela artrose, nos enxergou na porta. Ele se levantou num pulo e gritou "mambo!", enquanto agitava vigorosamente as maracas em forma de abacaxi para acordar seus músicos e insuflar neles algum tipo de energia desesperada.

Mambo.

AGRADECIMENTOS

Agradeço aos meus fiéis revisores Jean e Antony. Obrigada também aos tradutores-intérpretes do Palais de Justice de Paris que me ajudaram, cujos nomes eu deliberadamente omitirei para que possam continuar trabalhando.

AMBASSADE DE FRANCE AU BRÉSIL
Liberté
Égalité
Fraternité

INSTITUT FRANÇAIS

Cet ouvrage a bénéficié du soutien des Programmes d'aides à la publication de l'Institut Français.

Este livro contou com o apoio à publicação do InstitutFrançais.

Copyright © 2017 Editions Métailié, Paris
Título original: *La daronne*

CONSELHO EDITORIAL
Eduardo Krause, Gustavo Faraon, Luísa Zardo,
Nicolle Garcia Ortiz, Rodrigo Rosp e Samla Borges
PREPARAÇÃO
Rodrigo Rosp e Samla Borges
REVISÃO
Evelyn Sartori e Lucas Barros Moura
CAPA E PROJETO GRÁFICO
Luísa Zardo
FOTO DA AUTORA
Louise Carrasco

**DADOS INTERNACIONAIS DE
CATALOGAÇÃO NA PUBLICAÇÃO (CIP)**

C385p Cayre, Hannelore.
A Patroa / Hannelore Cayre ; trad. Diego
Grando. — Porto Alegre : Dublinense, 2024.
192 p. ; 19 cm.

ISBN: 978-65-5553-117-6

1. Literatura Francesa. 2. Romances
Franceses. I. Grando, Diego. II. Título.

CDD 843.91 • CDU 840-31

Catalogação na fonte:
Eunice Passos Flores Schwaste (CRB 10/2276)

Todos os direitos desta edição
reservados à Editora Dublinense Ltda.
Porto Alegre • RS
contato@dublinense.com.br

Descubra a sua próxima
leitura na nossa loja online

dublinense .COM.BR

Composto em LYON e impresso na BMF,
em PÓLEN NATURAL 80g/m² , no OUTONO de 2024.